À PROPOS DE L'AUTRICE

Nadège Erika est née à Paris au milieu des années 1970 et a grandi dans le quartier de Belleville. Après avoir quitté l'école en 3ᵉ, elle a repris ses études à 30 ans et travaille aujourd'hui comme éducatrice spécialisée. *Mon petit* est inspirée de sa propre histoire.

Chez Nadège Erika, l'écriture est un rempart à la douleur et à l'injustice. C'est un autre moyen de s'intéresser à ceux qui ont un genou à terre et qu'elle porte à bout de bras dans son quotidien d'éducatrice spécialisée dans le médico-social. Et sa manière de refuser le statu quo.

« J'ai souvent eu l'écriture pour me défendre : tout ce que je n'avais pas dit, tout ce que je n'avais pas eu, se régulait par l'écrit », dit-elle. Cela l'a sauvée d'une forme de vie faite de renoncements, et c'est sans doute la raison pour laquelle son écriture est impulsive, engagée, nourrie aussi à la culture hip-hop.

À PROPOS DE L'AUTRICE

Mon petit

NADÈGE ERIKA

Mon petit

Harper Collins
POCHE

HARPERCOLLINS FRANCE

83-85, boulevard Vincent-Auriol, 75646 PARIS CEDEX 13
Tél. : 01 42 16 63 63

www.harpercollins.fr

ISBN 979-10-339-1769-4

Pour Esteban, et pour Clément Di Fiore.

« Il sait que survivre à une saloperie du destin ne demande pas tant d'efforts et aucun courage.
Ça survit. Ça survit tout seul. »

François Bégaudeau[1]

1. *Molécules*, Verticales, 2016.

1

J'ai compris ça hier après-midi, en descendant la rue des Fêtes jusqu'à la piscine Alfred-Nakache de la rue Dénoyez. Une piscine rue Dénoyez, dans le quartier, on ose. Cela m'apparaît désormais comme une évidence, c'était ici qu'il fallait que je vienne écrire. Ici que je devais venir me planquer. À Belleville.

Il y a une semaine que j'ai déserté les vingt-sept mètres carrés du logement HLM que je louais depuis quatre ans, à mi-chemin entre la Butte-aux-Cailles et le parc Montsouris. Le parc était ma pièce en rab, mon salon, ma salle à manger. J'y enchaînais les pique-niques à la belle saison, jusqu'à la fin de l'automne si possible, pour ne pas étouffer là-haut, au sixième et dernier étage, avec Sam, mon fils de vingt-six ans. Deux dans un réduit… La promiscuité et l'étroitesse des lieux m'étaient devenues insupportables et je me suis « expulsée » de chez moi – ce n'était pas la première fois. Je n'aurais pas pu écrire là-bas. Trop inconfortable. Il n'y avait ni chaise, ni table, ni bureau, ni fauteuil. Pas de place pour caser tout ça.

Sam était revenu comme un boomerang alors que j'avais pris ce studio après son départ et celui de son frère. Je ne parviens toujours pas à savoir ce qui a motivé son retour – peut-être la difficulté pour lui d'être seul –, et s'il a conscience de la situation dans laquelle il m'a mise. Peut-être même qu'il s'en fout. Une amie d'amie m'a proposé une chambre dans son atelier d'artiste mais il m'a fallu plusieurs semaines avant d'accepter.

La culpabilité, sans doute. Et le besoin de cette solitude que je chéris. Il s'agit d'un atelier-logement comme on en trouve quelques-uns à Paris, dans lequel on entre directement dans une vaste pièce à vivre extrêmement haute de plafond, avec des verrières, et sur la droite un coin de travail constitué d'une table à dessin toujours couverte de croquis et de brouillons, sur laquelle est fixé un sous-main de découpe vert assorti aux rideaux, le tout entouré d'une demi-douzaine de chaises volontairement mal assorties. Des artistes viennent parfois y travailler. Cette atmosphère me grise. Dans le prolongement, dans un petit espace mansardé, une chambre avec un petit bureau a été aménagée. C'est là que j'écris. J'écris pour emballer mes tourments dans un corps de papier et mettre des mots sur une histoire qui en a manqué. Au même titre que d'autres fluides corporels, l'écriture, chez moi, est une sécrétion. Et puis je n'ai plus que ça à faire.

J'ai démissionné de la fonction publique il y a peu, où j'ai exercé plusieurs années dans un foyer d'accueil d'urgence pour enfants avant d'atterrir dans une structure qui accueille des mères adolescentes, des ados et des postados en danger ou en difficulté. J'ai fini par tout plaquer. Dans certaines institutions, et particulièrement dans ce secteur, il se passe des choses que je ne veux plus voir ni savoir.

J'ai réussi à obtenir ce que je souhaitais de mon employeur, c'est-à-dire pas grand-chose, néanmoins suffisamment de ronds pour avoir le temps de me poser, de partir prendre l'air et le soleil quelques mois en attendant les indemnités de Pôle emploi. Quitter mon travail était une décision périlleuse ; j'ai quarante-cinq ans, je suis diminuée physiquement et je souffre d'une affection chronique, mais, surtout, je ressens un besoin immense de me laisser aller à ne rien foutre. Profiter de l'instant, c'est ce que je préfère dans la vie.

***

Mes pas m'ont menée machinalement à Belleville, instinctivement je veux dire. J'ai traversé la rue des Pyrénées, fait un tour rue Piat, me suis arrêtée au numéro 40, devant l'immeuble de mon enfance. Là, j'ai levé la tête pour tenter d'apercevoir du mouvement au septième étage. Même si je n'ai plus le désir d'y vivre, même si j'ai oublié certains lieux et certains repères, même si le quartier a changé et subi une gentrification de plus en plus marquée, Belleville, ça reste chez moi. Belleville, c'est à moi. Je pourrais me coucher là, par terre, et ne plus en bouger. Je ne sais si c'est la proximité avec l'enfance qui me procure cette sensation, mais dans ce quartier, j'ignore toute notion de temporalité. Je pourrais très bien voir Grand-Maman passer sur le trottoir, même un de mes oncles, Le Blond, ou peut-être son frère, Le Brun.

Ma grand-mère parlait de Paris comme on évoque un parent suffisamment bon. Je crois même qu'elle adorait Paris, même si elle a eu plus de mal à l'époque où Chirac était à la mairie, et qu'en s'affairant en cuisine au retour des courses chez René le boucher, elle râlait : « Ils finiront par nous foutre dehors, ils finiront par *tous* nous foutre dehors ! »

Grand-Maman avait grandi en Bretagne, puis rue de l'École-Polytechnique, dans le 5e arrondissement à Paris, dans une chambre louée au mois par ses parents. Son père était ouvrier, sa mère vendeuse sur les marchés. Plus tard, ils ont vécu avenue Parmentier, dans le 11e arrondissement. Ils louaient un deux pièces, deux chambres de bonne mitoyennes. Ils sont longtemps restés là, avant de déménager à la fin des années 1970 au 40, rue Piat.

À chaque fois qu'elle disait ça : « Ils finiront par *tous* nous foutre dehors ! », j'avais peur. Je me demandais qui étaient ces *Ils* dont elle parlait. J'ignorais que ces *Ils* étaient là, tout proches, qu'ils arrivaient, qu'ils finiraient par nous pousser de là pour qu'ils s'y mettent avec leurs Biocoop, leurs Naturalia, leurs cafés hors de prix, leurs coffee shops en vogue où ils adorent se retrouver pour avaler un pancake et échanger deux, trois mots hystériques sur le nouveau *juice bar* et ses cheese-cakes à la courgette, qui vient d'ouvrir.

Ils, les Gentrificators.

Ce dont je suis certaine, c'est que ces *Ils*, même peu nombreux, peuvent prendre beaucoup de place. À l'époque, j'étais à mille lieues d'imaginer qu'après nous avoir foutus dehors ils finiraient par gentrifier nos dégaines et nous voler nos Stan Smith, nos chaussures préférées, jusqu'à ce qu'elles deviennent hors de prix. Car de Belleville à Cergy-Pontoise, les Stan, c'étaient les chaussures des enfants et des grands frères, c'étaient aussi celles des dealers. Cela dit, les grands frères et les dealers étaient bien souvent les mêmes.

Mais il ne suffit pas de porter des sneakers, une chemise au style ethnique ou des jeans effilochés pour éluder le caractère colonisateur du mode de vie que l'on choisit. Il faut tout de même le dire, il faut tout de même le leur dire : ils réhabilitent, ils rénovent, ils aseptisent, ils écrasent, on nécrose.

Fin du *game*.

À certains égards, ils nous ont même volé notre vocabulaire. Ils kiffent grave ou ils sont vénères, depuis peu ils ont le seum, ils parlent de leurs daronnes, ils sont fons-dé entre deux mots de franglais. Ils disent qu'il déchire vraiment ce petit vin naturel dégoté chez le caviste. Ils disent qu'à l'italien de la rue Oberkampf, c'est une tuerie cette burrata, alors que la burrata est un fromage et qu'une tuerie est un drame. On le sait tous à présent, surtout dans le 11ᵉ arrondissement. Ils disent « yoga » entre deux gorgées de thé matcha ou de thé rooibos, ils disent « cool », ils disent beaucoup « c'est juste » alors que c'est tout sauf juste. C'est juste dingue comme c'est injuste même. Ils disent aussi, toujours avec un quasi-dédain, voire un sourire en coin : « Je n'ai pas la télé chez moi », alors qu'ils regardent tous la télé sur leur iPad. Mais c'est stylé de ne pas avoir la télé, et surtout de le faire savoir. Ils disent Timeline, ils se prennent pour le Che lorsqu'ils signent une pétition sur Change.org. Quand ils font un don à la Fondation Abbé Pierre et qu'ils foutent leurs vieilles fringues à la benne du Relais ou à celle de la Ressourcerie, ils disent « bienveillance ». Ils disent de plus en plus « méditation en pleine conscience », ou plutôt « *mindfulness meditation* », ils disent très souvent burn-out et déplorent le montant de leurs impôts quand moi j'ai rêvé d'en payer. Ils aiment tellement se plaindre de ne pas avoir de blé, ils n'assument pas leur confort. C'est dommage. Ils ont tous un grand-père paysan et un aïeul résistant, et de la même façon, dans cinquante ans, leurs petits-enfants auront tous une grand-mère qui, durant l'autre guerre, celle de la Covid-19, aura été aide-soignante.

Ils me font flipper.

Vraiment.

On devrait pouvoir les *swiper left*.

2

J'ai le sentiment d'avoir toujours eu à remonter la rue de Belleville. La semaine dernière encore, alors que je me rendais rue Haxo, entre les stations de métro Télégraphe et porte des Lilas, je suis instinctivement sortie à Belleville. Comme ça, sans réfléchir, comme une somnambule de journée, sans doute pour aller l'embrasser sur sa grosse bouche de métro. Je l'adore.

Je suis passée devant La Vielleuse, une brasserie que j'ai toujours connue sans jamais ou presque y entrer, j'ai contourné la pharmacie, le magasin de fringues bon marché, et c'est seulement arrivée devant Les Folies et en regardant ce bistrot aux allures d'antan, ses lumières familières et ses lueurs d'hier, que je me suis demandé ce que je foutais là.

Et pourtant, j'ai commencé la énième ascension de ma colline préférée. Je suis restée sur le trottoir de droite, j'ai jeté un coup d'œil au graff' de la rue Dénoyez. En passant devant la rue de Tourtille, j'ai aperçu le restaurant Chez Madame Ah. C'est ainsi qu'on l'appelait. On disait : « Je vais chez Madame Ah. » Je ne sais plus vraiment pourquoi, mais tout le quartier disait ça alors que son restaurant s'appelle le Rouleau de printemps. Des années que je n'y ai pas mangé. Des années aussi que plus personne ne parle de Madame Ah. Ici, ça grouille de clients qui remontent d'un shopping rue Beaurepaire et quai de Valmy, ou qui descendent de leur pavillon à Jourdain.

Belleville est tout autre, pourtant Belleville est comme avant, j'ai toujours l'impression d'avoir six ou sept ans quand je viens ici. Je me souviens que dès qu'il neigeait, avec les autres gamins du quartier je me glissais dans de grands sacs-poubelles et je dévalais les pentes enneigées. Je n'en ai aucune nostalgie. Mes tourments sont bien trop hérités de cette époque-là pour que je la regrette, en dépit de la douceur de certains souvenirs.

À l'angle de la rue Julien-Lacroix, j'ai levé très haut la tête pour lire cette phrase de l'artiste Ben, comme écrite à la craie sur une ardoise géante, au sommet d'un immeuble en pierre, à la lisière du ciel : *Il faut se méfier des mots.* Quand j'étais petite, il y avait aussi : *N'importe qui peut avoir une idée*, et je me demandais alors ce qui aurait pu faire douter du contraire. Bien sûr que n'importe qui peut avoir une idée, même une idée pourrie.

La composition artistique de Ben me semble avoir toujours été là. J'ai l'impression de connaître ces ouvriers façonnés par l'artiste, qui tiennent l'ardoise du bout des doigts. Quand je regarde ces deux statues, je me revois petite. Dans mon imaginaire d'enfant, je pensais que ces bonshommes étaient des mecs du quartier. Après tout, pourquoi n'aurais-je pas encore le droit de penser qu'il s'agit de « vraies gens » ?

Le trottoir de droite, c'est celui que je préfère, c'est même celui que je connais le mieux. Comme quand on est plus agile d'une main, ou que l'on a son côté de lit, moi, j'ai mon côté de Belleville. Ici, j'entends les voix des fantômes, les percussions et la trompette, j'entends les enfants de la chorale des cerfs-volants de Ménilmontant qui chantent : *Les jolies rues de Belleville, colorées, parfumées au printemps. Avouez qu'on a la belle vie en remontant Ménilmontant.*

En continuant ma balade, je suis passée devant un magasin de chaussures un peu foutoir, une solderie peut-être. À côté, la bijouterie très fantaisie où j'achetais tant de créoles et autres bijoux en plastoc était toujours là, avec le tabac un peu plus loin. J'ai tourné à droite, dépassé la boulangerie verte à l'angle Piat-Belleville. Le pain y était très bon, mais pas les croissants, disaient les adultes. Des familles venues d'Afrique du Nord allaient y chercher leur *kesra*. Nous, c'était la baguette, eux cette galette de semoule algérienne dont la douceur me fait encore penser aujourd'hui à un dessert. Je n'ai pas eu long à marcher après la boulangerie pour arriver devant chez nous, pour ne pas dire chez nous tout court, parce que dans mon cœur, toute la rue Piat, y compris le trottoir, c'est toujours chez moi.

L'escalier E, au 40 de la rue, a changé d'appellation et porte désormais des chiffres. L'accès au groupe HLM a été renforcé par de hautes grilles. Je ne comprends pas pourquoi. Je me dis que si c'est dorénavant plus dur d'y entrer, ça doit être encore plus difficile d'en sortir, de cette cité. Si on met des maisons en cage, faut penser qu'il y a tout de même des gens dedans qui voudront s'en échapper. Malgré tout, cela ne m'empêchera jamais de toujours et encore y retourner. Je ne sais plus combien de fois je suis revenue ici rendre visite à mon passé.

L'escalier E m'est apparu un peu terne. La façade a été ravalée, les mosaïques pourpres ont disparu, les carreaux violacés ont été enlevés à la faveur d'un béton peint délavé. Mais si l'immeuble est devenu sale, personne n'a pu retirer ce kaléidoscope de couleurs qui caractérise les habitants du quartier, ceux qui ont survécu.

Ce jour-là, alors que je rêvais au pied de l'immeuble, c'était comme s'ils étaient tous là, avec moi. Mentalement, j'ai gravi les sept étages. Arrivée sur le palier, s'agitaient une tripotée de gamins et trois bonnes femmes qui échangeaient des recettes et des astuces de couture. Il y avait Mme Abdelkader, Mme Benhamou, Grand-Maman, une solide Bretonne des Côtes-d'Armor à la tête d'une famille métissée. Raphaël, Gaby, Georgia et moi. Tout allait si bien.

Et, à nouveau, j'ai entendu les enfants de la chorale : *Et même en hiver, c'est un florilège, à Belleville on danse tous sous la neige.*

Belleville chaleureuse et pleine. Belleville, un ventre de mère.

3

Il y a toujours quelqu'un pour me rappeler la rue Piat. Quand ce n'est pas un article que j'ai lu dans la rubrique « faits divers » du *Parisien* pour une agression, un meurtre ou une affaire de drogue, c'est un gosse au boulot qui me raconte les embrouilles et les rivalités entre sa cité et celle de Piat. La dernière fois, c'était il y a moins d'un mois. Abdel, de La Grange-aux-Belles, refusait d'être dans « la même formation » qu'un mec de Piat, comme ils disent. Sinon, il allait « le monter en l'air », comme ils disent aussi. Ma réponse au gamin fut aussi inadaptée que spontanée : « Eh ! Calme-toi avec les mecs de Piat, et parle poliment, hein ! » Rien ne pourra m'empêcher d'être une meuf de la rue Piat. Ou plutôt une parmi d'autres, tant il n'y a jamais eu de figure imposée ni de modèle type. La mixité ethnique ne laisse pas de place à l'insipide.

Enfin, il y a tout de même quelques fondamentaux. Ainsi, beaucoup portent les mêmes sneakers dont on se demande comment ils se les paient. On va faire ses courses au Lidl ou chez Aldi, mais sur les *sketba* hors de prix, on ne transige pas. C'est aussi ça être de la rue Piat. On y croise mille visages, ceux du matin qui partent bosser avant tout le monde, ceux du ménage, des hôpitaux et des supermarchés, ceux qui ont renoncé ou peut-être pas encore essayé, ceux qui trafiquent ou ne font rien.

Souvent ça boit de l'alcool, souvent ça fume du shit. Parfois ça parle de rap, tout le temps on voit les flics[1].

Rue Piat, la plupart du temps on textote sur des téléphones qui coûtent un Smic et que l'on paie en douze ou vingt-quatre fois en attendant le prochain modèle, sauf si on en récupère un « tombé du camion ». Nouveau téléphone = nouveau crédit. Même si, pour faire ça il faut être con comme un balai sans manche, et même si, souvent, je me demande vraiment ce qu'ils ont dans la tête, je sais que toutes ces conneries-là, ils ne les choisissent même pas, la société s'en charge pour eux.

Rue Piat, c'est mon pays. Ma famille, c'est là-bas. Le bruit, la fantaisie, c'est rue Piat. Les facéties, c'est rue Piat. La repartie, c'est rue Piat. Surtout, la poésie, c'est rue Piat.

Parfois ça s'entraide, parfois ça s'embrouille, souvent ça galère sec, tout le temps les rêves se rouillent[2]...

Un jour, je travaillais encore au foyer, mon ancienne cheffe de service, qui avait la fâcheuse manie de se mêler de toutes les conversations, m'a entendue raconter à une collègue qui venait de découvrir le parc de Belleville, que j'y avais appris à faire du vélo. « T'avais quel âge quand t'as appris à faire du vélo ? Dix-sept ans ? a-t-elle lancé devant toute l'équipe. Le parc de Belleville n'existait pas quand t'étais gamine. Il doit dater de la fin des années 1980. Je le sais, ça fait douze ans que j'habite le quartier. » Elle a même ajouté, en se moquant de moi : « Regarde dans Wikipédia et tu verras que ce parc est récent. Dis donc, t'es vraiment sûre d'avoir vécu à Belleville ? »

Le parc existait bel et bien quand j'étais petite, mais pas sous cette forme. C'était une sorte de colline, avec des vieilles maisons d'ouvriers, des friches, quelques

1. « Souvent », chanson extraite de l'album *Asphalte hurlante*, La Caution, Kerozen, 2001.

2. *Ibid.*

vignes et des jeux pour les enfants. J'avais même peur de grimper sur le toboggan vert qui descendait trop loin et zigzaguait. Comme on ne voyait pas le bout, je pensais qu'il arrivait au moins jusqu'à Marseille ! Moi, je préférais aller sur le toboggan rouge, plus court et moins sinueux. Mon frère, lui, enchaînait les descentes sur le vert et franchement, c'était un héros. Comment les toboggans verts et rouges auraient-ils existé si le parc n'avait pas été là ? C'est ce que j'aurais voulu répondre à ma cheffe. C'est vrai, quoi ! Jamais deux toboggans n'auraient été plantés là, comme ça, sur le goudron, au beau milieu de Paris.

J'ai envoyé sur-le-champ un SMS à ma mère, alors que je lui écris si peu. Notre relation est plutôt chaotique et j'évite de la solliciter. Il est des choses du passé qui, parfois, ne passent pas, mais là, l'heure était grave.

14 h 37 – MOI :
Maman, quand est-ce que le nouveau parc de Belleville a été aménagé ? Tu te souviens de l'année ? Ma cheffe de service, qui habite Belleville, prétend qu'il n'y avait pas de parc quand j'étais gamine, et donc que je n'ai pas pu apprendre à faire du vélo là-bas.

14 h 38 – JEANNE (maman) :
Il existait, mais pas tel qu'il est maintenant.

14 h 39 – MOI :
Je ne suis pas folle, alors. C'est bien là que j'ai appris à faire du vélo avec les oncles. Je me souviens même quand ils ont enlevé les petites roues derrière. À l'époque, Grand-Papa était encore avec nous rue Piat.

14 h 40 – JEANNE (maman) :
Tu y as quasiment appris à marcher. C'était un joli square, fréquenté par les

familles ouvrières du quartier. Et puis il a été envahi par les dealers.

14 h 41 – MOI :
Mais tu te rends compte, elle m'a même demandé si j'étais sûre d'avoir grandi à Belleville. J'ai eu envie de chialer. Elle m'a foutu la honte devant tous mes collègues qui m'ont prise pour une mytho.

14 h 42 – JEANNE (maman) :
Oh, la saloperie ! Déjà qu'elle est bobo, c'est pas une raison pour être con ! Appelle ton oncle, il t'en racontera plus. Au début des années 1970, il travaillait dans une imprimerie rue Piat. C'était avant que tes grands-parents s'installent là.

14 h 45 – JEANNE (maman) :
Ne l'appelle pas maintenant, c'est l'heure de sa sieste.

14 h 51 – MOI :
Trop tard, je l'ai appelé. Il m'a dit que ça lui faisait plaisir de m'entendre mais que je l'emmerdais un peu. Il m'a dit qu'avant, c'était un terrain vague, mais on l'appelait déjà le parc. Il m'a dit aussi que pour les bobos, il faudrait trouver la clé du cadenas pour fermer leurs gueules.

14 h 52 – JEANNE (maman) :
Dis à ta cheffe qu'elle ne va pas nous la faire concernant Paris. Que ton arrière-grand-père était enfant de chœur à Montmartre quand la basilique n'était même pas terminée, et que son père, donc ton arrière-arrière-grand-père, était boulanger au 24, rue Simart, et que la boulangerie existe toujours.

14 h 54 – JEANNE (maman) :
Non, mais elle vient d'où, cette dinde ?!?

Je n'arrivais plus à mettre ma mère sur pause. Parce qu'elle est comme ça, Jeanne, personne ne décide quand l'arrêter.

4

J'aimerais bien rentrer dans l'appartement de la rue Piat, voir ce qu'il est devenu. Mais je ne connais pas les codes de l'immeuble et je ne possède pas le passe. Belleville, n'es-tu donc plus chez moi ?

Un ange passe… Je me précipite derrière lui alors qu'il appose en dessous du clavier à code le badge magnétique accroché à son porte-clés. Il me tient courtoisement la première porte pour me laisser passer, puis la seconde. Je le suis encore jusqu'à l'ascenseur. Les boîtes aux lettres sont toujours à la même place, sur la gauche dans le hall.

Le gamin, un petit métis d'une douzaine d'années au teint pain d'épices, sort de l'ascenseur au quatrième. Je le salue et me laisse hisser jusqu'au septième. La cabine s'arrête dans un soubresaut et la porte s'ouvre péniblement sur le palier. Juste en face, c'est notre chez-nous. À gauche, c'était chez Sarah Benhamou. Elle et son frère Steeve étaient nos camarades de classe. J'ai le souvenir que Mme Benhamou donnait une fois par an à Grand-Maman un filet de courses dont certaines étaient entamées, en prévision des fêtes de Pessah.

À droite, dans le renfoncement qui donne sur l'escalier, c'était chez Fatima Abdelkader. Fatima était une de nos copines dans l'immeuble. Tous les soirs avant le coucher, elle et ses sœurs étaient toujours impeccablement nattées afin d'avoir de belles boucles dans les cheveux le lendemain matin. J'ignore ce que faisaient leurs parents dans la vie ; nous étions parfois invités le mercredi après-midi ou pendant les vacances à goûter chez eux. À chaque fois que Grand-Maman parlait des Abdelkader, elle racontait qu'ils étaient algériens, qu'au début, elle avait refusé les pâtisseries luisantes d'huile et surtout de miel que Mme Abdelkader lui offrait pendant les jours de ramadan. Elle répétait aussi à qui voulait l'entendre que chez eux, c'était tellement propre qu'on aurait pu manger par terre. Je trouvais ça bizarre parce que chez nous aussi, c'était propre, et pourtant Grand-Maman n'en faisait pas cas. Quant à imaginer manger par terre…

Je repense à mes amies et voisines d'étage. Reviennent-elles aussi de temps en temps rue Piat ? S'arrêtent-elles sur le pas de la porte des appartements seulement pour voir ou revivre un soupçon de ces moments brouillés par le temps ?

Le palier a beaucoup rétréci, j'ai eu la même impression en passant devant l'école maternelle il y a quelque temps. Elle aussi est devenue toute petite. Les chevaux de bois scellés au sol dans la cour de récré m'ont paru minuscules. Je ne sais pas comment le dire, mais tout a rétréci dans le quartier. Même la cage aux poules des Buttes-Chaumont est devenue étonnamment étroite. Ainsi va donc la vie, ainsi va donc le monde ? Tout devient-il fatalement trop petit ?

Je m'approche de la porte de notre appartement, m'arrête sur le seuil, et revois ce trois pièces qui m'a vue « naître », grandir, où j'ai appris à lire, à rire. Je pourrais sonner, me présenter et demander à entrer, mais je n'ose pas le faire. Alors, je ferme les yeux et, plantée sur le paillasson, j'entre comme dans un rêve chez les inconnus qui vivent aujourd'hui chez nous.

Au début du couloir, sur la gauche, la commode rustique en bois massif est toujours là, qui sent bon la cire. Nous n'avions pas le droit de poser les mains dessus, ni quoi que ce soit d'autre, surtout quelque chose d'humide. La soupière en porcelaine rose posée sur un napperon n'a pas bougé d'un millimètre. Sur ma droite, j'emprunte le couloir qui mène aux chambres ; je passe devant la salle de bains. La porte est ouverte car la pièce est petite et sans fenêtre et il faut aérer. J'aperçois la baignoire, le meuble sous l'évier rempli de savons de Marseille, de crème Nivea (la boîte bleue métallique), de shampoing Dop aux œufs, de gants et de serviettes de toilette en coton que nous trouvions trop rêches. La machine à laver s'ouvre par le dessus, et je trouve toujours aussi étrange cette affaire d'œufs dans le shampoing.

Au fond du couloir à gauche, c'est la chambre des filles, avec un lit deux places coincé entre une penderie blanche bon marché et une fenêtre à mi-hauteur. C'est ici que dormaient Gabrielle et Georgia, mes deux petites sœurs, respectivement de un et cinq ans mes cadettes. La journée, la chambre servait de salle de jeux pour tous les enfants. De part et d'autre de la tête de lit, à la place de tables de chevet, deux coffres à jouets pleins de poupées Barbie unijambistes collées contre un Big Jim en slip rouge, des poupées Tinnie qui ont croisé la route d'une coiffeuse non homologuée avec ses ciseaux à bouts ronds, et qui semblent avoir égaré leurs biberons et leurs couches-culottes. Il y a aussi les restes d'un garage, des voitures Majorette par dizaines et le 4×4 téléguidé de mon frère, devenu récalcitrant.

À droite, c'est la chambre à coucher de Grand-Maman. Devant l'armoire Louis-Philippe, face au gigantesque lit deux places, il y a un lit pliant, le mien. J'ai atterri là afin de ne pas nous retrouver entassées dans la même pièce, Gabrielle, Georgia et moi.

J'adorais dormir avec Grand-Maman, nous adorions tous. Il n'y avait rien de plus doux que d'être auprès d'elle, dans des draps de flanelle tout frais. On y avait droit à tour de rôle, selon des règles bien établies par ma grand-mère à force de nous entendre râler tous les soirs :

« Grand-Maman, je peux dormir avec toi ?

— Non, c'est moi, t'as déjà dormi avec elle hier !

— Non, c'est pas moi *qu'a* dormi avec elle.

— Oh, l'autre, elle me pousse !

— Grand-Maman, Georgia elle me pousse !

— Mais, Grand-Maman, Gabrielle elle a déjà eu des sucettes quand elle est allée faire les courses avec maman samedi.

— Grand-Maman, Naëlle elle dit que c'est pas mon tour de dormir avec toi parce que je suis une pisseuse au lit et que je suce mon pouce. Alors que même pas ! »

Et lorsqu'on avait le cœur gros car ce n'était pas notre tour cette nuit-là, il était parfois envisageable d'obtenir consolation en léchant la cuillère en bois qui servait pour toutes les pâtisseries. Et si toutefois on n'obtenait ni de dormir avec Grand-Maman, ni de lécher la cuillère encore recouverte de pâte à crêpe, on pouvait tenter le Graal ultime : sortir Diane avec Grand-Maman avant d'aller se coucher. Et là, il fallait vraiment avoir été un enfant modèle pour avoir le privilège de balader sa chienne, un berger belge qui n'était jamais effarouché par notre façon de le confondre avec nos peluches achetées à la Samaritaine ou au Bazar de l'Hôtel de Ville. Tenir la laisse de Diane depuis la rue Piat jusqu'à la rue des Couronnes et refaire le chemin en sens inverse n'étaient pas accordés à n'importe qui.

« Grand-Maman, je peux tenir la laisse de Diane ?

— Non, c'est mon tour, tu l'as déjà tenue, toi !

— N'importe quoi ! C'est pas moi qui *l'a* déjà tenue.

— Oh, l'autre, elle me pousse ! Grand-Maman, je peux tenir la laisse de Diane ?

— Grand-Maman, Gabrielle me pousse !

— Mais, Grand-Maman, Raphaël il a déjà eu une limonade hier. C'est tonton qui la lui a offerte quand il l'a emmené au bar. Je ne les ai pas accompagnés parce que j'étais à la danse.

— Mais, Grand-Maman, moi aussi j'en ai pas eu de la limonade, parce que je suis allée avec maman chercher mes nouvelles lunettes.

— Et moi, j'ai pas eu de limonade et pas de lunettes, donc j'ai rien eu du tout, ça veut dire. Alors, Grand-Maman, je peux tenir Diane ? »

Là encore, Grand-Maman avait le dernier mot. Raphaël, mon frère aîné, dormait dans un lit pliant qu'on avait casé dans un coin de la salle à manger, au bout du couloir après la cuisine. Comme c'est un garçon et qu'il est le plus âgé de la fratrie, il avait le droit de dormir là où se trouvait la télévision. Je sais – il me l'a dit – qu'il la regardait parfois en cachette alors que Grand-Maman l'y interdisait. J'en crevais de jalousie. Ma grand-mère ne supportait pas que la télé puisse être allumée en permanence. Elle trouvait que cet objet de malheur avait été inventé pour nous abrutir. Si on voulait la regarder, il fallait que ce soit un programme qu'elle approuvait, jamais une veille d'école, et encore moins si les devoirs n'étaient pas faits.

Quand il rentrait du Terrain rouge, le parc en bas de chez nous, Raphaël rangeait son skate-board – Grand-Maman l'appelait « planche à roulettes » – derrière l'énorme table en chêne recouverte d'une toile cirée écrue imprimée de fleurs vieux rose. La planche de Raphaël était verte, les nôtres, à Gabrielle et moi, étaient orange. Je l'entends encore claquer au sol après une tentative avortée de *half flip* ou de *boneless*.

Le Terrain – c'est comme ça qu'on disait quand on était du quartier –, on y accédait par un passage niché dans un renfoncement à droite de l'escalier E. Il y avait d'un côté le parking, de l'autre une aire de jeux au sol rouge et granuleux qui m'apparaît aujourd'hui sordide mais qui était, à l'époque, *the place to be*. Depuis, l'accès a été condamné par des grilles. Les trois aînés, Raphaël, Gabrielle et moi, avaient le droit d'y aller uniquement parce que l'endroit donnait sous les fenêtres de l'appartement depuis lequel Grand-Maman pouvait nous avoir à l'œil.

Au-delà du Terrain, on apercevait au loin les toits des immeubles situés au croisement de l'avenue Simon-Bolívar, de la rue des Pyrénées et du début de l'îlot Jourdain, où Grand-Maman allait acheter chez Phildar ses pelotes de laine pour tricoter nos gilets et nos pulls qui grattaient ou foutaient la honte mais que je finirais un jour par regretter.

Je la revois poser son ouvrage, sa pelote et ses aiguilles sur la table de la salle à manger pour arroser ses plantes dont certaines grimpaient sur les murs, ou sur les nombreuses bibliothèques chargées de bouquins du sol au plafond. On ne voyait jamais Grand-Maman sans un livre. J'ignore d'où lui est venu ce besoin presque vital de la lecture, à toute heure et en tout lieu. Quand elle ne lisait pas, elle nous racontait sa scolarité, nous montrait ses vieux cahiers et ses compositions de français. Il faut reconnaître qu'à l'époque, le niveau et le degré d'exigence, c'était quelque chose. Le verbe avait son importance, je veux dire.

Le reste du temps, Grand-Maman le passait en cuisine. À chaque repas, nous mangions de tout, nous goûtions à tout. Entrée, plat, fromage et dessert, tout ce qui pouvait être cuisiné maison l'était. Aux anniversaires et autres fêtes, elle préparait les meilleures pâtisseries. Dans mon souvenir, elle portait toujours un tablier ; elle m'en a même cousu un, modèle réduit, l'année de mon CP. J'étais tellement fière !

On me dit souvent que je lui ressemble. Je ne trouvais pas cela flatteur quand j'étais petite, surtout à l'adolescence, mais le miroir ne ment pas. Difficile d'échapper à ses origines, ni à ce que Grand-Maman a contribué à faire de moi. Elle et moi sommes aussi brunes que ma mère Jeanne est blonde. Aussi potelées et joufflues que Jeanne est sylphide. Aussi ordonnées que Jeanne est bordélique. Aussi en amour de Belleville que Jeanne a toujours rêvé de fuir.

Je souris en pensant à Grand-Maman avec ses bottillons en hiver, des bottines fourrées en cuir retourné, et son lourd manteau de laine. Pour elle, la règle était celle-ci : il fallait être bien couverte l'hiver et bien chaussée en toutes saisons, le reste était accessoire. Aux beaux jours, elle portait des espadrilles ou des mocassins bleu marine, des robes à fleurs informes assorties à ses toiles cirées, mais que je me garderais de détailler. Quoique : jamais de synthétique, seulement de belles étoffes, des matières les plus naturelles possible – même pour les tabliers à la maison. Même avec ses robes à fleurs, je l'adorais. Avec son menton carré et ses pommettes hautes, je l'adorais. Avec ses cheveux noirs relevés en chignon dans la nuque que j'ai vu grisonner, puis blanchir et raccourcir à la garçonne, je l'adorais. Mais ce que j'aimais surtout, c'était me plonger dans ses yeux verts, toujours un peu plus humides que ceux des autres.

Elle avait aussi cette moue tremblotante irrésistible lorsqu'elle se retenait de sourire ou de rire, quand elle devait faire preuve d'autorité avec l'un de nous quatre ou avec toute la troupe. À l'adolescence, nous avions tous fini par la dépasser d'au moins une tête, mais elle demeurait la plus grande des dames.

Dans sa cuisine étroite, ma grand-mère circulait entre la table en formica, les vieilles chaises en bois dépareillées, le buffet en pin recouvert de laque blanche écaillée et la gazinière à quatre feux. Toujours dévouée et attentionnée, elle nous cuisinait du rôti de bœuf, du steak haché ou un poulet, des côtes de porc, du jambon blanc si nous étions en fin de mois, en attendant que sa petite pension tombe. Chaque jour, elle descendait la rue du Faubourg-du-Temple jusqu'au métro Goncourt pour acheter de la viande fermière chez René, une institution dans le quartier. À chaque repas, nous étions obligés de goûter aux crudités servies en entrée ainsi qu'aux légumes en plat principal ; et ne parlons pas des fruits que nous devions consommer même tachés. Il faut dire que M. et Mme Dubreuil, les primeurs, avaient tout son respect et qu'il était inconcevable pour Grand-Maman qu'on puisse jeter des fruits.

J'attendais les frites, tout le temps j'attendais les frites, et quand venait enfin le jour, le temps me semblait long. J'avais l'impression qu'il fallait des heures à Grand-Maman pour éplucher les patates et les faire tremper afin qu'elles libèrent l'amidon qui les rendrait sinon collantes. Je devais encore attendre qu'elle les ait plongées dans la bassine à friture, ce monstre qui rendait Grand-Maman encore plus vigilante avec nous.

On devait toujours bien se tenir à table et parler correctement. Grand-Maman nous reprenait souvent. Elle nous répétait que c'était moche de dire « manger », que nous n'étions pas des bêtes. On se sustente, on se restaure, on soupe, on dîne, on déjeune, mais on ne *mange* pas. Les jours de pluie, quand on râlait parce qu'on ne pouvait pas aller jouer dehors, elle nous rappelait qu'on ne disait pas « un temps de merde », mais « des intempéries ».

« Oui, Grand-Maman.

— Et tiens-toi droite.

— Oui, Grand-Maman. »

***

L'heure a filé. Les souvenirs s'estompent. Je dévale l'escalier de l'immeuble de ma jeunesse, quitte la rue Piat, retourne rue de Belleville que je remonte à pied. Grand-Maman m'accompagne toujours dans ma tête. Je repense à son enfance. Bien que née à Paris, ses parents l'ont aussitôt envoyée chez une tante à Carnoët, en Bretagne, où elle est restée jusqu'à son entrée au cours préparatoire. Ils étaient trop pauvres, la chambre de bonne qu'ils occupaient trop petite pour la garder avec eux, et ses grands-parents trop affairés à travailler.

Grand-Maman nous a raconté que lorsqu'elle avait appris que ma mère, encore mineure, était enceinte de mon frère, elle lui avait demandé : « Mais pourquoi un Noir ? Il n'y a pas suffisamment de Blancs ? Tu ne pouvais pas nous ramener un Breton ? » Et elle a ajouté : « Aujourd'hui, j'ai honte d'avoir dit ça à votre mère et je trouve que j'ai été bête. Si on venait me dire que quelqu'un s'est trompé à la maternité et qu'il fallait vous rendre contre des petits blonds, je refuserais et je garderais mon oiseau des îles et mes trois petites Négresses. »

De Grand-Papa, je sais qu'il était ouvrier, pas grand-chose de plus. Je ne l'ai vu que dans un fauteuil roulant ou bien au lit. Je savais qu'il avait été accidenté et amputé des deux membres inférieurs avant la retraite, et que sur une étagère fixée très haut dans les W-C, il y avait ses chaussures qu'il ne portait plus. Je regardais sa folle collection de godasses à chaque fois que j'allais faire pipi. Je ne l'imaginais pas autrement qu'à se faire servir, recevoir son plateau-repas, regarder la télévision, me demander de changer de chaîne en échange d'un bonbon. En dépit de tout cela, il restait le plus fort à mes yeux. J'adorais m'asseoir sur son absence de genoux. Pour moi, les grands-pères, c'était ça : des hommes qui vous accueillent sur leur absence de genoux.

Grand-Maman est devenue veuve à cinquante-deux ans et n'a plus jamais fait de rencontres amoureuses après ça. Lorsqu'un adulte lui parlait de refaire sa vie, elle répondait : « Ce n'est pas moi qu'on appellera La Veuve joyeuse ! »

À ce grand-père, nous devions la première télé couleur de la famille, peut-être même de l'immeuble, pour ne pas dire de toute la rue Piat. Un événement dans le quartier ! En plus de la couleur, on disposait d'une télécommande, et gare à nous si nous y touchions ! Les choses avaient été très clairement énoncées dès le départ : la télécommande était pour Grand-Papa et personne d'autre, car il était le seul à ne pas pouvoir se lever pour changer de chaîne. La télévision avait été payée à crédit, comme bien d'autres choses. À chaque fois, Grand-Maman disait : « Nous paierons à tempérament. »

C'est là qu'on vivait la semaine, mon frère, mes sœurs et moi. Chez Grand-Maman. Le week-end, nous allions chez ma mère porte de Montreuil, dans l'Est parisien. Et peut-être que c'est là, *in fine*, que les choses ont commencé à dérailler.

5

J'ai passé mon enfance à demander à ma grand-mère : « C'est quand qu'elle arrive maman ? » Et Grand-Maman me répondait invariablement : « Je ne sais pas, mon petit. » J'adorais qu'elle m'appelle *mon petit*. Parce que « mon », ça voulait dire que j'étais vraiment à elle, et « petit » que j'avais le droit de ne pas toujours être une grande sœur, une personne raisonnable qui devait montrer le bon exemple. Chez Grand-Maman, j'étais une enfant. Chez Jeanne, j'étais l'un des deux « grands », avec mon frère.

J'ai navigué toute mon enfance entre Belleville et porte de Montreuil, entre deux femmes qui se ressemblaient à peine. Deux maisons, donc, boulevard Davout et rue Piat, deux ventricules d'un même cœur dont les battements ont rythmé mon existence depuis mon entrée au CP jusqu'à la troisième. Jeanne, ma mère, croulait sous le travail, avec l'école d'infirmières et ses gardes de nuit comme aide-soignante à l'hôpital Trousseau, ce qui ne lui permettait pas de s'occuper de ses quatre enfants en l'absence de nos pères respectifs. Enfin, ça, c'est ce qu'on nous disait…

Et puis l'année de mon CM2, Grand-Maman a commencé à se fâcher : notre chambre n'était jamais rangée, la commode de l'entrée était rayée, quelqu'un avait renversé la gamelle de Diane sans nettoyer. Elle a dit qu'elle n'en pouvait plus de nous. Un jour, j'ai braillé : « Bah, pourquoi tu nous as pris chez toi, alors ? » Elle a répondu dans un sanglot : « Parce que c'était ça ou la DDASS, mon petit. » Lapidaire et glaçant. Je me suis rappelé qu'un soir, porte de Montreuil, c'est moi qui avais ramassé le courrier. La serrure de la boîte aux lettres avait été forcée il y a longtemps et maman ne l'avait jamais remplacée parce que nous perdions régulièrement nos clés. L'une des lettres était adressée à la « famille MUET ». Faisant partie de la « famille », je me suis sentie investie du devoir d'ouvrir l'enveloppe. L'entête indiquait qu'elle provenait du tribunal pour enfants de Paris. La lettre faisait état d'une mesure de la protection de l'enfance dont nous étions l'objet, ma fratrie et moi, « eu égard à la vulnérabilité et aux difficultés matérielles de Jeanne Muet ».

Peut-être qu'ils savaient pour les soirées Banania-biscottes lorsqu'il n'y avait rien à dîner ; peut-être qu'ils savaient pour les sandwichs que nous donnait la gardienne quand elle nous voyait sur le banc en bas de l'immeuble à l'heure de déjeuner, probablement parce que nous nous étions encore fait lourder de la cantine pour « défaut de paiement » ; peut-être qu'ils savaient pour la viande que notre mère déposait dans le frigo de la voisine du dessus parce qu'on nous avait coupé l'électricité, ce qui, chez nous, pouvait parfois durer plusieurs années ; peut-être qu'ils savaient que c'était vraiment douloureux pour nous, maman comprise, quand les huissiers se pointaient pour une saisie et qu'il fallait ranger ce qu'ils avaient jeté par terre après leur passage, trouver de la place dans cet appartement HLM exigu pour remplacer les meubles et essayer de faire une belle maison avec des cartons de chez Franprix. Peut-être qu'ils savaient aussi pour les violences. On peut estimer que c'était une enfance particulièrement difficile, c'est comme ça qu'on dit, je l'ai entendu dans *Faites entrer l'accusé*.

Chez Jeanne, comme chez Grand-Maman, on s'entassait dans un trois pièces HLM. La rue Piat avait son escalier E, la porte de Montreuil avait son escalier 12, à droite, tout au fond de la cour de la cité rouge. À chaque départ, à chaque retour d'un domicile à un autre, de l'escalier 12 à l'escalier E, le temps déménageait avec nous. Tout cela de manière très cadencée. Malgré tout, toujours, quand l'un de nous quatre parlait de la « maison », les trois autres savaient immanquablement de quelle maison il s'agissait.

Escalier E, nous étions Raph, Nana et les petites biches.

Escalier 12, nous étions Raphaël, Naëlle et les petites. Ou les « chéris » quand tout allait bien. Nous avons connu la garde alternée avant l'heure, partagés entre notre mère et notre grand-mère et deux modes de vie diamétralement opposés, rigidité du cadre chez Grand-Maman en semaine, la bohème chez Jeanne le week-end.

Comme la boîte aux lettres, la porte de Jeanne avait été forcée à plusieurs reprises et jamais vraiment réparée. Tantôt une clé perdue, tantôt les huissiers de justice, rien ne permettait jamais de laisser la porte d'entrée en bon état très longtemps. Le couloir était très étroit, il me semble que je le traverserais aujourd'hui en trois enjambées. Au fond, il y avait une énorme armoire rénovée par Grand-Papa avant son accident et offerte lors de l'emménagement.

Grand-Maman avait fait des pieds et des mains pour que sa fille obtienne cet appartement HLM et quitte la chambre de bonne de la rue Castellane dans laquelle elle vivait lorsqu'elle était enceinte de moi, avec Raphaël qui commençait tout juste à marcher.

Sur la droite, le couloir ouvrait sur une petite salle à manger aux murs ornés d'une tapisserie rose à fleurs, meublée d'un imposant buffet entretenu à l'encaustique, comme le parquet de l'appartement, qui servait de meuble télé et de vaisselier. En face, un canapé défoncé par nos sauts périlleux et une console montée sur roues avec deux niveaux, celui du haut pour poser le tourne-disque, celui du bas pour les disques. Les vinyles ne cessaient jamais de tourner, sauf quand la télé ou la radio prenaient le relais.

Les vinyles tournaient et nous étions The Jackson Quatre.

Yeah yeah yeah.

Les vinyles tournaient et nous étions Musical Youth.

Yeah yeah yeah.

Les vinyles tournaient et Renaud chantait. Nous, les enfants de la ville, une fois arrivés chez Jeanne, devenions pour quelques jours de petits bohémiens qui ne se lavaient jamais les mains, se couchaient sans s'être brossé les dents, ne portaient jamais de pyjama, seulement une culotte, la même tout le week-end, qui passaient à table à n'importe quelle heure. Jeanne organisait des dîners « à thème » : dîner sandwich, dîner pizza, dîner Banania-tartines, dîner desserts, dîner poulet fumé. Nous n'avions ni assiette ni couverts mais toujours un paquet de chips Flodor à portée de main, les plats posés sur la table en bois clair de la toute petite cuisine au carrelage jaune poussin. Et lorsque l'électricité était coupée après une énième facture impayée, nous mangions en jouant avec les flammes et la cire fondue des bougies.

Jeanne ne nous disait jamais pourquoi nous dînions dans le noir, mais elle exigeait qu'on ne répète rien à Grand-Maman. Et nous, de toute façon, on se fichait bien qu'EDF ou les huissiers viennent tout nous enlever aux portes de l'escalier 12 tant qu'il nous restait maman.

Dans la salle à manger, tout au fond devant la fenêtre, il y avait une table ronde recouverte d'une nappe blanche tachée de coups de feutres. Sur la gauche, un radiateur en fonte faisait face à la porte de la chambre de Jeanne, tapissée en bleu. Je me rappelle le cadre de lit en bois verni, le matelas à ressorts qui servait aussi de trampoline, les tables de chevet en rotin couleur miel, et l'imposante penderie, de la même facture que le lit.

Nous aimions également beaucoup dormir avec notre mère, mais ce n'était pas pareil qu'avec Grand-Maman, et c'étaient surtout les petites qui affectionnaient cela. Le week-end, lorsque nous arrivions escalier 12, les filles dormaient chacune une nuit avec elle, sauf lorsque Jeanne avait un copain. Le samedi, c'était le tour de Gabrielle, le dimanche le tour de Georgia. Normalement.

Moi, j'avais obtenu mieux encore, en raison de fortes fièvres inexpliquées, de pleurs compulsifs, d'un asthme inquiétant et d'un redoublement du CM1. Après maints conciliabules entre adultes, pédiatre inclus, pour chercher ce qui arrangerait mon état, j'avais obtenu de venir chez Jeanne un mardi sur deux, d'être ces soirs-là la seule enfant avec maman. Quand elle était là, bien sûr. La plupart de ces mardis, j'avais le choix : je pouvais dormir avec Jeanne, ou dans la chambre des enfants si l'envie me venait de profiter de l'espace toute seule. Et c'est vrai que j'appréciais ce petit endroit au fond du couloir à droite, en face de la grosse armoire contenant nos vêtements. Il y avait des lits superposés, une commode dont les tiroirs dégueulaient de jouets qui faisaient parfois doublon avec ceux de la rue Piat, et une bibliothèque dans laquelle étaient logés un globe terrestre lumineux et *Tout l'Univers* en plusieurs volumes.

Jeanne disait souvent en me taquinant : « Toi, il aurait fallu te signer un contrat d'exclusivité. » Il est certain que pour ledit contrat, ce n'était pas gagné. J'étais la deuxième enfant et la première fille d'une fratrie de quatre, bientôt de cinq. Pour l'exclusivité, fallait pas rêver. D'autant que les cousins venaient souvent se greffer à notre tribu. Autant dire que je m'y noyais. Moi dont le rêve ultime était que l'on me préfère.

Il arrivait que nous soyons invités chez Grand-Maman le week-end. Le dimanche, par exemple, quand il y avait l'anniversaire d'un oncle ou d'un cousin, nous laissions la porte de Montreuil afin de rallier Belleville un peu plus tôt que prévu.

De temps en temps, en semaine, Jeanne passait nous voir rue Piat. Et j'adorais ça car elle arrivait toujours par surprise. Elle pouvait débarquer le mercredi matin, après sa nuit de garde à Trousseau. Elle nous apportait à chacun un croissant de la boulangerie de la rue des Envierges, et pour Raphaël, Gabrielle et moi, les numéros en cours de *J'aime lire*, *Candy* et *Pif gadget*. Ou alors elle passait en fin d'après-midi, pile à l'heure du goûter, après l'école. Dans ce cas-là, elle prenait garde de ne faire aucun bruit et restait bien assise sur sa chaise pour que nous puissions lui sauter dessus lorsque nous la découvrions.

Elle pouvait sonner plus tard encore, et nous trouver en train de faire nos devoirs autour de la grande table de la salle à manger, et il était alors difficile pour Grand-Maman de nous tenir concentrés et tout à notre tâche. Ces jours-là, Jeanne attendait dans la cuisine que nous ayons rangé nos cahiers, ses longues jambes croisées sous la table en formica.

Quand Jeanne débarquait à l'heure du dîner, aux alentours de 18 h 30, elle ramenait parfois six kebabs, des sandwichs Doner, comme on disait dans le quartier. Elle les achetait en haut des marches de la rue de Belleville. Chacun avait le sien, chargé de harissa pour maman, ketchup pour les enfants, salade, tomates, oignons pour Grand-Maman. Ce menu fantaisie évinçait de fait le potage et la poêlée de légumes que Grand-Maman s'apprêtait à servir.

Jeanne, Jeanne, Jeanne… Jeanne et ses sandwichs, Jeanne et ses emplois du temps farfelus, Jeanne et ses surprises, Jeanne et ses quatre mômes de quatre couleurs et quatre pères différents. Le tribunal et les voisins pouvaient dire ce qu'ils voulaient, le moins que l'on puisse penser, c'est qu'à l'époque, Jeanne savait dire merde à l'ennui.

J'aimais que la mère vienne chez la fille, ou inversement. Peu m'importait dans quelle maison. Parfois, le lundi matin, lorsque Jeanne devait partir tôt de la porte de Montreuil, Grand-Maman venait dormir chez elle le dimanche soir pour qu'on soit à l'heure à l'école le lendemain. Jeanne lui laissait son lit et atterrissait dans le canapé en velours vieux rose du salon. Alors les vinyles tournaient moins vite et les Musical Youth ou les Jackson Quatre chantaient moins fort. Ne parlons pas de la honte qu'on avait de nous coucher en petite culotte sans même passer par la case salle de bains !

Jeanne me manquait tout le temps en semaine. Mais le week-end, je ne pensais qu'à Grand-Maman. Je n'étais jamais là où je voulais, jamais avec la bonne mère au bon moment. Il m'arrivait de m'inviter chez Grand-Maman certains samedis après-midi. Je venais prendre le thé et elle sortait son service en porcelaine. À chaque fois, elle me confiait qu'elle l'avait reçu en cadeau de mariage d'un collègue de Grand-Papa originaire du Limousin. Bien sûr, je faisais semblant de ne pas connaître cette histoire pour lui laisser le plaisir de me la raconter.

Ces samedis-là, j'étais rarement apprêtée comme ma grand-mère l'aurait souhaité. Rue Piat, nos tenues étaient aussi guindées qu'elles étaient peu soignées chez Jeanne. Le week-end, *ciao* les cols Claudine, les robes chasubles, les jupes-culottes, le pied-de-poule, le vichy et la broderie anglaise. Je portais ma veste de survêtement en tissu synthétique rouge barré de bandes blanches sur les manches, un jean rapiécé aux genoux par des patchs rouges et une paire de baskets en toile montantes de la même couleur. Jeanne me tressait les cheveux bien plaqués sur le crâne. Elle disait que nous revenions toujours de chez Grand-Maman échevelées car elle ne savait pas nous natter.

6

J'ai toujours aimé aller à pied de chez Grand-Maman à chez maman, et inversement. Les mardis, lorsque j'allais seule chez Jeanne, j'avais un plaisir fou à traverser Belleville pour rejoindre la porte de Montreuil. L'itinéraire changeait au gré de mes envies, que je parte de la rue Piat ou de l'école de la rue de la Mare. Un peu avant la mairie du 20e, je m'arrêtais aux Câlins d'abord, une boutique de gadgets et d'objets fantaisie où je piquais ce que je voulais. Il faut dire que j'étais d'une grande habileté à ce jeu-là. Je ne volais que dans un sens, quand j'allais chez Jeanne et que Grand-Maman ne pouvait pas tomber sur mes petits chapardages. Grand-Maman ayant l'œil, et le bon, je transgressais les règles autrement quand j'étais chez elle.

Je prenais la ligne 11 du métro jusqu'à Belleville, ou la ligne 3 *bis* d'un terminus à l'autre, malgré l'interdiction de circuler seule en métro. Ou alors je prenais le bus, le PC, et je resquillais en poinçonnant un ticket usagé car la machine ne repérait pas les précédentes oblitérations. Je filais m'asseoir au milieu de la rotonde, c'est ainsi qu'on appelait les sièges en arc de cercle au fond du bus. Un peu avant la station Vitruve, le bus dépassait les deux tours blanches du boulevard Davout, dont Jeanne disait : « Vivre dans un appartement aussi haut, c'est une invitation au suicide. » Arrivée porte de Bagnolet, je regardais l'entrée du square Séverine où Jeanne nous emmenait faire de la balançoire lorsque nous étions en maternelle. Un peu plus haut se trouvait la caserne Mortier. Dix minutes de trajet en tout entre les hauteurs de Belleville et la porte de Montreuil.

Un jour, un homme blond d'une quarantaine d'années, affublé d'un pantalon noir très serré et d'un sweat-shirt noir sur lequel était floquée une tête de loup la gueule ouverte, a pris place dans la rotonde. Comme moi, il est descendu porte des Lilas. J'ai traversé le boulevard Sérurier et me suis engouffrée dans la bouche de métro. Quelqu'un m'a attrapé la main et tirée en arrière. J'ai sursauté. J'ai levé la tête et j'ai vu la gueule du loup. Il m'a tirée un peu plus fort, puis m'a collée contre le carrelage blanc du métro. Je me souviens qu'il me disait que j'étais belle. Il m'a proposé des chewing-gums Hollywood qu'il avait dans une main pendant qu'il passait l'autre sur mon corps d'enfant. Comme je n'ai pas touché aux chewing-gums, il a alors sorti de la monnaie de sa poche en me disant qu'avec ça, je pourrais m'acheter des bonbons. J'ai entendu des talons claquer derrière nous. L'homme à la tête de loup m'a lâchée brusquement. J'ai couru vers le quai et je suis montée dans la rame de métro, le cœur en suspension. Je me suis écroulée sur un strapontin dans le sens inverse de la marche, juste à côté de la porte. Quatre sièges plus loin, j'ai vu l'homme à la tête de loup qui ne me quittait pas des yeux.

Station Télégraphe, j'ai espéré qu'il descendrait, mais il est resté. Station place des Fêtes, le loup a rapproché sa gueule. J'ai attendu que l'alarme annonçant la fermeture des portes sonne, je me suis levée d'un bond et dans un même élan me suis glissée entre les battants. J'aurais pu me faire pincer très fort, comme l'indiquait le lapin sur les autocollants qui affichaient les règles de sécurité. Les portes se sont refermées sur la gueule du loup.

Je sentais que je venais d'échapper à quelque chose de grave, que cet homme m'aurait fait quelque chose de mal. Derrière la vitre, il a serré le poing en mimant de me mettre un coup. J'avais dix ans, un style petit pot de beurre, mais j'étais assez souple pour dévaler Belleville sans respirer jusqu'à la rue Piat. J'ai couru jusqu'au parc au bout de la rue. J'y trouverais probablement Delphine, ma copine de classe qui vivait à deux pas et passait tout son temps libre au parc. Mais je ne l'ai pas vue. Alors je suis restée un moment assise en haut du toboggan vert, hagarde, puis je suis rentrée chez Grand-Maman à qui je ne pouvais rien raconter vu que j'avais pris le métro.

J'adorais sonner à la porte de chez Grand-Maman. Elle ne tardait jamais à ouvrir. Ce jour-là, je m'en souviens très bien, elle m'a lancé : « Aïe, donc ! C'est maintenant que tu arrives, mon petit ? » Diane m'a fait la fête, mais j'étais trop secouée pour lui rendre la pareille. « Eh, regarde un peu comme tu es fagotée ! Avec tes oripeaux rouges, on dirait un petit garçon manqué. » J'avais mis les anciennes fringues de mon frère.

Ma grand-mère a filé dans la chambre, elle m'a rapporté un chemisier blanc imprimé de fines fleurs couleur parme, au col arrondi et aux manches ballon. Je l'ai suivie dans la salle à manger. Son fauteuil était déplié, un Relax orange qu'elle ne sortait jamais en notre présence par manque de place, mais surtout pour éviter que nous sautions dessus. J'ai compris qu'elle m'attendait quand j'ai vu sur la table le sucrier, deux soucoupes et deux tasses de son service en porcelaine. Je l'ai accompagnée dans la cuisine pour l'aider à préparer le thé. Alors qu'elle posait la bouilloire sur la cuisinière pour faire chauffer l'eau, j'ai enfin réussi à ouvrir la bouche.

« Grand-Maman, pourquoi on est comme ça ?

— Comment “comme ça”, mon petit ?

— Je veux dire, pourquoi on n'a pas de père ? Et pourquoi on n'a pas de maison ?

— Vous avez une maison, vous en avez même deux !

— Non, pourquoi on n'a pas *notre* maison, une seule, je veux dire. »

Là, Grand-Maman s'est braquée.

« Écoute, mon petit, nous en avons déjà parlé. Pour l'instant, c'est comme ça. Allez, viens, le thé est prêt, et je t'ai préparé des *krampouezh*.

— J'en veux pas, Grand-Maman.

— Allons, mon petit chat, tu les aimes mes crêpes. Je suis même allée chez Codec pour acheter ta confiture préférée.

— Tu le connais, toi, mon père ?

— …»

Grand-Maman, comme Jeanne, avait la faculté, quand un sujet la dérangeait, de développer une surdité fulgurante.

« Grand-Maman, tu le connais ou pas, mon père ? »

Évoquer mon père… J'avais dit un gros mot, ou presque, et chez Grand-Maman nous n'avions pas le droit de dire des gros mots. Avec Jeanne, pour les grossièretés, ça passait plutôt à l'aise. Mais chez elle aussi nous avions l'interdiction de la questionner au sujet de nos pères. Tabou absolu. Jeanne ne racontait rien, n'expliquait rien. Jamais.

« Non, ma petite-fille, je ne le connais pas », a finalement répondu Grand-Maman.

Ma grand-mère supportait mal l'idée que sa fille ait pu concevoir autant d'enfants avec autant d'hommes différents. Jeanne avait eu tant d'amants, dont deux mariés, avec des enfants en bas âge. C'était honteux. Alors, pour ne pas nous salir par ricochet, pour ne pas être considérés comme des enfants de la honte mes frère et sœurs et moi, la plupart du temps nous nous taisions. Et ça lui allait bien.

Mais ce jour-là, je n'ai pas pu garder le silence.

« T'as même pas une photo ?

— Non ! »

C'était un « non » ferme, péremptoire. J'ai baissé la tête et essayé de ne pas pleurer.

« Mais qu'est-ce qui ne va pas, mon petit ? Viens donc t'asseoir à côté de moi. C'est ta maman ?

— Pourquoi on n'habite pas tout le temps chez nous ?

— Où ça, chez nous, mon petit ?

— Chez maman. Normalement, c'est chez leurs parents qu'ils sont, les enfants, mais nous, on habite aussi chez toi. T'as qu'à venir habiter porte de Montreuil.

— Et qu'est-ce que je ferais là-bas, ma Nana ? »

J'adorais aussi qu'elle m'appelle comme ça.

« Si tu habitais avec nous, je n'aurais pas besoin de prendre le métro pour te voir.

— Tu n'as pas besoin de prendre le métro pour me voir, ma petite-fille, puisque tu habites ici la semaine. Et je te rappelle que tu n'as pas l'autorisation de prendre le métro toute seule.

— Si on avait deux parents, il y en a un qui pourrait nous accompagner chez toi. »

J'avais utilisé le conditionnel pour rêver l'absent et le dessiner. « Les enfants qui ont les meilleurs parents du monde sont les orphelins car ils peuvent les inventer », a dit un éminent psychiatre. Moi, j'avais au moins cette chance. Mon père était donc le meilleur parmi les meilleurs. Le meilleur chanteur, le meilleur acteur, le héros dans les livres, les films, les dessins animés. Mais aux anniversaires des copines, le père, c'était celui des autres, et c'était triste.

Debout devant l'évier, je me suis mise à pleurer. Grand-Maman m'a serrée contre son tablier, puis elle m'a prise par la main et m'a entraînée dans la salle à manger. On s'est assises toutes les deux dans le Relax. Sur ses genoux, ma tête dans son cou, recroquevillée sur sa poitrine, j'ai continué de pleurer.

« Écoute, ma petite-fille, j'aime tellement ta mère… Mais j'ai l'impression d'être une poule qui a enfanté une cane. Je ne la comprends pas, mon petit, mais que veux-tu ? »

J'adorais qu'elle ne comprenne pas Jeanne et qu'elle l'aime néanmoins, comme moi.

« Tu peux mettre une musique que j'aime ?

— Laquelle voudrais-tu, ma Nana ?

— Ma préférée. »

Ma grand-mère a sorti son vieux tourne-disque du secrétaire qui ne lui servait plus de bureau depuis longtemps, elle a déposé dessus le 33 tours de Baldassare Galuppi, la fameuse sonate n° 5 en *ut* majeur. Puis elle est allée chercher un châle qu'elle a délicatement posé sur mes épaules. Elle s'est assise dans le Relax, je me suis blottie contre elle, la tête posée sur l'accoudoir, et je me suis endormie. À mes pieds, couchée sur son vieux coussin rouge délavé, Diane veillait sur moi. Lorsque je me suis réveillée, une bonne heure plus tard, nous avons pris le thé et englouti chacune deux ou trois *krampouezh mad*, de bonnes crêpes garnies de confiture d'abricots.

Et, comme toujours, je n'en savais pas plus sur mon père.

7

Les mois ont passé et Grand-Maman a continué de se taire. Et moi, j'ai continué de ne pas en parler, pas trop souvent en tout cas, et de serrer les dents tous les mois de juin à l'école, quand nous préparions le cadeau de la fête des Pères. Comme tous les enfants à famille asymétrique, j'aurais mille fois préféré faire une dictée ou réciter une table de multiplication ; je donnais le change en réalisant, sourire aux lèvres, une merde qui ne serait offerte à personne. C'était la même humiliation à chaque rentrée, lorsque nous devions rendre les documents qui seraient versés au dossier scolaire, avec le carnet de correspondance.

Nom du père : néant.
Prénom du père : néant.
Date de naissance du père : néant.
Profession du père : néant.
Adresse du père : néant.
N° de téléphone du père : néant.
Antécédents de santé du père : néant.

J'étais donc une fille de rien, mais il ne fallait pas le dire. Mes frère et sœurs non plus, qui connaissaient le même sort. Raph, Gaby, Georgia et moi étions devenus, bien au-delà de la cour de récréation, les champions du jeu *Le Roi du silence*.

La première partie a débuté durant des vacances de Noël. Celles de l'année de mes six ans, il me semble. Depuis plusieurs semaines, on voyait Jeanne prendre un peu d'embonpoint, mais pas plus que ça, nous la connaissions svelte et gracile et elle le restait. Il n'y avait eu ni vomissements, ni nausées, ni envies de fraises qui auraient pu nous mettre la puce à l'oreille. Et puis nous étions trop petits pour imaginer qu'elle puisse attendre un autre enfant.

Jeanne était tombée amoureuse, et enceinte. Chez elle, ces choses-là allaient toujours par deux. Ou par trois quand elle tombait amoureuse, enceinte, de surcroît d'un connard. C'est que des connards, nous en avons croisé et nous en rencontrerions d'autres, des beaux-pères je veux dire.

Au début des vacances, on nous annonça que Jeanne allait bientôt avoir un bébé. Nous devions la laisser se reposer. Il n'était plus question d'aller chez elle, elle devait pouvoir quitter l'appartement pour aller accoucher à toute heure du jour ou de la nuit. Pendant près d'une semaine, Grand-Maman a veillé sur Jeanne et les oncles sont venus nous garder rue Piat, puis la voisine du dessous. Nous avons eu le temps de célébrer Noël ensemble, avant qu'elle donne naissance à Nina quelques jours plus tard. Nina n'avait pas de père non plus, en tout cas nous ne le verrions jamais.

Nous étions sages, nous avions reçu les jouets dont nous rêvions. Jusqu'au début de mon adolescence, tous mes Noëls ont été démesurés, et comme le voulait l'usage, payés « à tempérament ». Grand-Maman allait à la maternité tous les jours, mais sans nous. Parfois, nous lui demandions : « Elle revient quand maman ? »

Et puis une fin d'après-midi, tandis que nous jouions gentiment pour les uns, ou découpions le catalogue de Noël récupéré dans la boîte aux lettres pour les autres, Grand-Maman est rentrée de la maternité et s'est jetée dans les bras des oncles en pleurant, ignorant même Diane qui aboyait de joie. Nous étions le 31 décembre et visiblement, la fête était finie avant même d'avoir commencé.

Grand-maman s'est dirigée vers la cuisine, elle s'est effondrée sur une chaise. L'un des oncles (Le Blond) a libéré la voisine, l'autre (Le Brun) nous a proposé d'aller au parc. Les adultes étaient tous défaits, mais personne ne parlait.

La semaine suivante, j'ai appris que le bébé était mort. J'ai entendu Grand-Maman en parler au téléphone. Alors, on nous a assis tous les quatre autour de la table et on nous a expliqué que Nina, notre petite sœur, avait cessé de respirer. Voilà, c'était tout. Jeanne est revenue de la maternité éteinte et mutique. Il aurait été salutaire d'en parler, mais nous avons enterré Nina en chacun de nous.

Il nous a fallu une fois de plus jouer au Roi du silence. Nous sommes devenus des tombes, même si les yeux de Jeanne rougissaient et brillaient parfois, brouillés de larmes, même si je savais dans quelle partie de sa penderie fouiller pour toucher les habits et les biberons neufs du bébé qui s'en était allé et dont jamais personne ne parlait.

À l'adolescence, j'ai interrogé ma mère. Elle m'a répondu que Nina avait été victime d'une infection, qu'il aurait fallu la mettre sous antibiotique dès la naissance. Je n'ai pas compris grand-chose, si ce n'est que Nina avait dû vivre un tout petit peu. Mais, chut !

Un bébé mort ?

Ni vu, ni connu, n'en parlons plus.

Ainsi vont les choses, mon petit.

8

Pour la majorité des gens de Belleville et des visiteurs, la rue Piat, à l'époque, était un coupe-gorge qu'il fallait contourner. Nous étions loin des pique-niques branchés qui ont lieu désormais au bout de la rue. Mais comme pour tous les gamins du coin, peu nous importait de vivre dans une *no-go-zone* qui deviendrait bientôt une *bobo-zone*, nous n'entendions même pas les plaintes des adultes. Pour moi, la rue Piat, avec ses tas d'enfants jouant sur les toboggans sous la surveillance des mères, avait des airs de station balnéaire, certes sans la mer, mais avec le Terrain rouge pour plage et la baignoire de Grand-Maman pour les plaisirs aquatiques.

Le soir, une fois les devoirs terminés, nous avions le droit de prendre un bain. C'était chacun son tour, comme pour le reste. Raphaël d'abord, puis Georgia et Gabrielle, qui le prenaient ensemble, et moi la dernière. Entre deux passages, la baignoire n'était pas totalement vidée par souci d'économie, et déjà un peu pour la sauvegarde de la planète. Grand-Maman nous répétant qu'à ce rythme, l'espèce humaine viendrait bientôt à manquer d'eau. Alors on ne s'attardait pas. On jouait un court instant avec toutes sortes de bateaux et de poupées qui faisaient pipi avec l'eau du bain et passaient leur vie sur le rebord de la baignoire. Puis un coup de savonnette, un rinçage express avec la douchette, et au suivant ! Dans un même élan écolo-économique, il était important d'éteindre les lumières en quittant une pièce, au risque d'entendre Grand-Maman hausser le ton et nous répéter que l'électricité n'était pas un fluide gratuit. Nous connaissions le coût de l'électricité, nous avions l'habitude des coupures de courant chez Jeanne, escalier 12, dont l'une dura près de trois ans.

Pour tout, Grand-Maman était rigoureuse ; Jeanne, elle, vivait en dilettante. Je me souviens de leurs mésententes comme de leurs instants de complicité, de leur interdépendance comme de leur ambivalence. Notre mère était sujette à des mouvements d'humeur et ses choix de vie en découlaient. Elle traversait des périodes d'oisiveté que nous avions du mal à expliquer, et d'autres où elle bûchait jour et nuit, le jour à Trousseau, la nuit en intérim. Quand elle a finalement planté Trousseau et la pédiatrie, elle a maintenu ce rythme dichotomique, avec des mois sans activité mais surtout sans revenus, sinon les prestations familiales, et d'autres à travailler comme une bête, la journée en hospitalisation à domicile, la nuit dans des établissements d'Île-de-France. Mais même quand elle travaillait, Jeanne était une endettée chronique et dépendait matériellement de Grand-Maman qui faisait comme elle pouvait et regardait tout ça avec désarroi. Je sais que nous lui faisions honte, parfois, mais nous lui étions indispensables. Nous lui permettions, je crois, de combler sa solitude.

Sans cesse, elles se disputaient. Grand-Maman s'en plaignait, Jeanne aussi. Et plus je grandissais, moins je le supportais. Elles ne s'engueulaient jamais devant nous et s'enfermaient dans la cuisine pour régler leurs comptes. Comment ont-elles pu croire qu'on ne les entendait pas ? J'ignore pourquoi, mais dans cette famille, les discussions importantes se déroulaient toujours en cuisine, au 12 comme au E. Quand ça tonnait, quand l'orage éclatait, c'était toujours autour de la table de la cuisine.

Et moi, je tendais l'oreille, pour m'assurer de ne rien oublier. Je me souviens d'avoir entendu mon oncle Le Brun prononcer le mot « lupanar ». « C'est un vrai lupanar, là-bas, et j'en ai plein le dos de casquer pour eux ! » avait-il gueulé. Eux, c'étaient nous, Jeanne et son « cheptel », comme il disait quand il passait voir Grand-Maman et qu'il était énervé de la voir éreintée. Il lui ordonnait de rendre à sa sœur son cheptel et de la laisser se démerder avec la DDASS, ses mecs et ses salades. Et Grand-Maman se mettait à pleurer, et le cheptel faisait semblant de ne pas entendre.

Pour le lupanar, j'ai regardé dans le *Littré*. J'avais choisi ce dictionnaire car Grand-Maman ne jurait que par lui. Grand-Papa, en son temps, préférait « La Rouquine », comme il disait pour le *Larousse*. Le *Littré* expliquait très clairement que mon oncle nous traitait d'enfants de putain. Alors je suis allée en cuisine, Le Brun m'a demandé de retourner d'où je venais. « Que je retourne entre fils de pute, tu veux dire ? », et j'ai balancé le *Littré* à terre.

J'ai eu peur des représailles. Grand-Maman disait souvent qu'un livre, ça se respecte, et je venais d'éclater un dictionnaire en le jetant au sol, j'avais dit « pute », j'avais crié sur les adultes et j'avais traité mon oncle de connard. J'avais même dit tête de nœud. Je ne savais pas vraiment ce que ça signifiait, mais j'avais entendu une fois Le Brun crier ça à un automobiliste. C'était rue des Cascades.

J'ai hurlé sur mon oncle : « On s'en fout de la foire du Trône, on s'en fout de Beaubourg, on s'en fout du restaurant, on s'en fout de partout où tu nous emmènes. Tu parles pas comme ça de ma mère ! Tu parles pas comme ça de ma mère ! Tu parles pas comme ça de ma mère ! » Et là, j'ai reçu six, huit, dix, douze, vingt torgnoles de mon oncle Le Brun. J'étais sonnée, j'ai viré violette, puis bleue. J'ai pleuré, j'ai hurlé à Grand-Maman : « Je veux dormir chez ma mère, je veux téléphoner à maman, je ne veux plus dormir ici. » Grand-Maman pleurait, elle a dit aux petites biches d'aller se coucher, et moi, j'ai dit que si on n'appelait pas Jeanne sur-le-champ, je raconterais tout le lendemain à l'école.

Après tout, ça aurait changé quoi ? Tout le monde savait que Grand-Maman avait honte de ses petits bâtards. Quand nous étions invités quelque part, il ne fallait pas dire que nous n'avions pas le même père. C'était triste de voir Grand-Maman si embarrassée que l'on n'ait pas de père alors qu'on en avait plein finalement, parce que notre mère était libre, elle.

Jeanne est venue me chercher, ils ont parlé dans la cuisine. Un peu. Elle n'a pas dit un mot, elle est allée embrasser mes petites sœurs et mon frère, puis elle a appelé un taxi et nous sommes rentrées toutes les deux escalier 12. Ce soir-là, je n'ai pas dormi avec elle. Le lendemain, je ne suis pas allée à l'école, j'étais trop esquintée par la trempe de la veille. Pendant un mois, je n'ai plus dormi chez Grand-Maman. Ça allait relativement bien. Sauf le matin. Je n'avais plus d'encouragements, plus de mots à aller chercher dans le dictionnaire, plus de petit déjeuner, plus de tartine à la confiture d'abricots.

Un soir, j'ai voulu retourner rue Piat après l'école. Je n'ai pas appelé Grand-Maman pour lui demander si elle voulait encore de moi. Elle a ouvert la porte comme si de rien n'était. Rien n'avait changé, tout était oublié. C'était toujours comme ça, chez nous. On ne reparlait jamais des choses graves ni des choses qui fâchent.

La vie a repris son cours. Le Brun nous a ramenés à Beaubourg, nous n'avons plus jamais reparlé de lupanar et de cheptel. Nous étions heureux d'aller manger des gaufres et de jouer sur le parvis du Centre Pompidou. Nous y sommes retournés plusieurs fois pour regarder défiler le décompte des jours qui nous séparaient de l'an 2000, décompte qui me séparait aussi du jour où je pourrais prendre le large et arrêter d'obéir aux grands.

9

Le week-end, porte de Montreuil, c'était le temps des sorties, des allées et venues sans permission. Les devoirs n'existaient pas, les carnets n'étaient jamais signés. Nous vivions au rythme de nos envies. La télé nous tenait éveillés à n'importe quelle heure du jour et de la nuit. Les télés, je veux dire, car nous en changions souvent, après chaque saisie d'huissiers. Et quand nous ne pouvions pas en racheter une, il nous restait la radio. Ce sont les huissiers et les coupeurs d'électricité qui m'ont donné, je crois, le goût de la radio. Comme les premiers prenaient la télé et que les seconds empêchaient la nouvelle de fonctionner parce que Jeanne n'avait pas payé l'EDF pour pouvoir l'acheter, alors Grand-Maman nous avait offert un poste à piles.

Aujourd'hui encore, j'écoute beaucoup la radio. Elle crache un flux sonore quasiment ininterrompu lorsque je me trouve seule. Ça me semble étrange, d'ailleurs, de laisser si peu de place au silence. J'écoute de la musique, les informations au moins une fois par jour, et de nombreuses émissions que je ne suis pas certaine de toutes apprécier. Ma radio est allumée en permanence, je la trimballe partout, jusque dans ma chambre où il m'arrive de m'endormir en oubliant de l'éteindre. Les voix radiophoniques colonisent mes nuits et peut-être mes fins de rêve, jusqu'à ce que je me réveille en comprenant m'être une fois encore endormie avec le poste à l'oreille.

Podcasts lorsque je suis obligée de prendre le métro. J'ai du mal avec la multitude, je n'aime pas les grappes de gens. Depuis WhatsApp, je sais encore mieux que je n'aime pas les grappes, même virtuelles. J'aime bien lire sur l'écran de mon téléphone : « Vous avez quitté le groupe », ou « untel est parti » lorsque je suis encore dans la discussion. Je ne trouve vraiment pas inintéressante l'idée de quitter un groupe. Il est possible que je fasse l'objet d'une misanthropie moyenne basse.

C'est surtout qu'au lieu de la subir, j'ai appris à chérir ma solitude et à m'en réjouir. Je me souviens que chez Grand-Maman, la radio était toujours allumée. En revanche, l'accès à la télé était rationné. Nous pouvions parfois veiller pour regarder un programme avec elle, *Musiques au cœur* ou *Le Grand Échiquier*. Chez Jeanne, le temps d'une année scolaire ou deux, nous débutions nos dimanches devant *H.I.P. H.O.P.*, l'émission présentée par Sidney et dans laquelle, pour la première fois, nous, les petits Noirs des cités HLM, pouvions nous voir en miroir ou presque. David, un voisin, y avait participé. Le nez collé à l'écran, nous avions jailli lorsque Sidney lui avait demandé d'où il venait et qu'il avait répondu « porte de Montreuil ». Séisme festif à la maison. Jeanne nous regardait réaliser des chorégraphies sans jamais faire un geste, pas même une petite coupole. Nous, on aurait pourtant aimé la voir tourner sur le dos à 360° sur le sol dans nos quelques mètres carrés d'HLM. Les copains de l'escalier 12, eux, trouvaient ce bazar fabuleux.

New York n'attendait que nous. Raphaël et moi en étions persuadés chaque fois que Sidney nous saluait d'un « Bonjour, les frères et sœurs ! ». J'ai même traversé Paris et poussé jusqu'au Troca, parce que, franchement, ça ne servait à rien de regarder Sidney le dimanche matin si l'on n'avait pas mis un pied sur l'esplanade du Trocadéro pour retrouver les frères plutôt que d'aller visiter le musée de la Marine avec Grand-Maman qui ne disait ni Troca, ni *H.I.P. H.O.P.*

Jeanne avait perdu le sourire. Elle nous regardait danser sans émotion particulière ; elle continuait de pleurer la mort de Nina. Parfois, elle se mettait à la fenêtre, m'appelait et disait : « Un jour, je sauterai et vous n'aurez plus que vos yeux pour pleurer. Et il faudra alors t'occuper des petites. » Lorsque ma mère disait ça, il ne me restait déjà plus grand-chose d'autre que mes yeux pour pleurer. Et puis, les petites, je m'en occupais déjà pas mal et sans broncher.

Le reste du temps, je sortais, de plus en plus d'ailleurs. Je traînais après la classe tant que je le pouvais, jusqu'au danger ou à l'épuisement. J'ai même recroisé la gueule de loup. J'étendais mon périmètre de balade, d'errance ou de vagabondage. J'appréhendais ma ville telle une dromomane, souvent à pied. Je me perdais, parfois. Un soir d'hiver, durant mon année de CM2, je me suis égarée dans le 14e et me suis réfugiée dans une pharmacie. Quand l'une des employés m'a demandé mon adresse, j'en ai donné deux, l'escalier E et l'escalier 12. La pharmacienne m'a raccompagnée à l'adresse la plus proche, c'était chez Grand-Maman.

Un soir où j'étais chargée de garder les filles – mon frère était chez un copain et Jeanne de sortie –, j'ai pris ma plus jeune sœur avec moi – elle avait sept ans et moi douze – et nous sommes allées au concert de SOS Racisme à Vincennes. Ils venaient d'en parler à la télé, au *Journal de 20 heures*. Jeanne nous avait souvent amenées à des concerts, je savais qu'on passerait une bonne soirée. Nous y sommes allées à pied, porte de Montreuil-Vincennes, d'une traite. Boulevard Davout, on a regardé les automobilistes qui s'arrêtaient sur la chaussée pour entreprendre des prostituées dont l'activité débordait du bois jusque sur les maréchaux de l'Est parisien. J'avais le goût du sirop de la rue et un GPS sous la peau. Ma petite sœur suivait, ravie. J'ignorais que c'était périlleux.

Nous sommes arrivées plutôt rapidement sur l'esplanade du château. Ça grouillait de monde, nous étions perdues, quasiment écrasées dans la masse. Surtout, on ne voyait rien du concert. Nous étions finalement si petites. La foule débordait, des dizaines de milliers de personnes venues crier non au racisme en dansant et en chantant – comme cela avait été dit aux infos. Certaines avaient des malaises, des secouristes débarquaient de partout, mais ça ne m'inquiétait pas, la peur me concernait si peu et la fronde me tendait la main. Les gens criaient de joie, sautaient, se poussaient pendant que Nicola, Stéphane, Dominique et Dimitri, du groupe Indochine, nous invitaient à danser en nous parlant de dissidence politique, de cachetons et de camisole chimique. Je ne comprenais rien à la chanson, si ce n'est qu'elle nous montait tous sur ressorts et que je m'enivrais dans cette cascade de joie.

Georgia m'emboîtait le pas depuis le début de la soirée et ne loupait pas une note ; chaque figure de danse était dans la juste cadence. Elle était aux anges, loin de mesurer les risques que je lui faisais prendre. Elle s'en moquait, elle était belle, encore plus belle que d'habitude, je veux dire. Elle me demandait en criant de toutes ses petites forces : « Nana, ils bougent mes cheveux, quand je danse ? » Avant de quitter l'escalier 12, elle avait voulu que je la coiffe avec une queue-de-cheval haute à la façon des icônes pop du moment. Avec ses longues boucles châtaines de petite chabine, le résultat dépassait de loin toutes les coiffures de n'importe quelle starlette. Georgia braillait aussi toutes les cinq minutes : « C'est dommage que Gaby *n'a* pas voulu venir, hein Nana ? » Ou encore : « Elle ne va rien dire maman ? » Je me baissais pour bien l'entendre et lui répondre que oui, c'était dommage, et que non, elle n'allait rien dire maman.

Ce soir-là, dans la foule, un homme nous a accostées. Il était grand, brun, avait deux appareils photos dont un qu'il portait en bandoulière. Il nous a demandé ce que nous faisions là. Il était bien le seul à s'en soucier. « Bah, on est venues au concert parce qu'ils l'avaient annoncé à la télé et que c'était pas loin », j'ai répondu, saisissant la main de ma petite sœur. Il n'a pas eu l'air convaincu et a voulu savoir où étaient nos parents, étonné de notre présence ici, sans adulte pour nous accompagner. J'ai expliqué, en parlant fort pour couvrir la musique, que notre mère était sortie, peut-être au travail, peut-être ailleurs, et j'ai dû mentir pour le reste puisque nous n'avions pas de reste.

Il a demandé notre nom de famille et notre adresse, et là, j'ai commencé à m'inquiéter. Entre la classe que je loupais souvent, les nuits que je ne passais plus systématiquement chez Grand-Maman, et Jeanne qui était souvent absente, j'étais de moins en moins habituée aux adultes. L'homme nous a invitées à le suivre. Je tenais de plus en plus fort la main de Georgia, et je réfléchissais à la façon dont on pourrait s'échapper s'il arrivait un malheur. Je me souvenais de l'homme à la gueule de loup. Je me souvenais m'en être sortie.

L'homme s'appelait Pablo, il était photographe de presse. Grâce à son accréditation, il a pu nous emmener derrière la scène. Il nous a fait asseoir à une table puis nous a demandé de ne pas bouger du *backstage* jusqu'à ce qu'il finisse son travail et revienne. Il a même parlé aux vigiles. La table débordait d'Orangina et de barres chocolatées. Les stars défilaient. Jean-Jacques Goldman discutait devant nous avec un guitariste. Ziggy Marley et Bruce Springsteen devaient arriver. C'est ce que j'ai entendu. Pablo pensait-il sérieusement que nous allions décamper ? C'était un morceau de rêve servi sur un plateau.

Il est venu nous récupérer au petit matin. On s'était endormies. Il nous a réveillées et nous a raccompagnées en bas de chez Jeanne. Il n'est pas monté. Notre mère nous attendait, blême. Quand je lui ai raconté notre nuit, elle n'a pas levé la voix, sidérée par mon récit. De toute façon, elle ne nous engueulait jamais, elle préférait tout raconter à ses copines. L'année suivante, Georgia et moi avons reçu une carte postale de Pablo. Il nous écrivait du Canada où il travaillait désormais ; il nous espérait en forme et prudentes.

10

Un samedi matin, que je ne saurais dater précisément, c'était dimanche à Bamako au 40 de la rue Piat. Le Blond allait épouser Louise, sa collègue à l'Hôtel-Dieu. Comme Jeanne, mon oncle travaillait à l'hôpital, il était infirmier.

La noce aurait lieu en trois temps : nous avions d'abord rendez-vous à la mairie du 20e arrondissement. Puis nous irions à l'église Saint-Jean-Baptiste de Belleville, avant de nous rendre dans un château du Loiret où nous passerions la nuit et toute la journée du lendemain.

Le vendredi, nous avions dormi chez Grand-Maman. Des semaines qu'elle nous faisait essayer nos tenues de demoiselles d'honneur, à Gabrielle, Georgia, notre cousine Line et moi. De sublimes petites robes en tissu liberty vieux rose qu'elle avait elle-même confectionnées. La comtesse de Ségur aurait sûrement adoré la touche bucolique, la fraîcheur et l'originalité de ces robes cousues main. J'avais six ou sept ans.

Depuis l'aube, tout le monde s'affairait dans le trois pièces de la rue Piat. Le Brun, Grand-Maman et Jeanne étaient dans tous leurs états. Et pour nous, les enfants, tout n'était que consignes et attente. Il y avait nos chaussures à bride vernies à ne pas enfiler avant l'heure et à déposer près de la porte au bout du couloir ; les robes sur cintres à cesser de tripoter car elles finiraient froissées ; les Minaudière assorties aux robes à remettre en place car ce n'étaient pas « des jouets » et elles devaient rester propres pour le mariage.

Raphaël faisait la gueule à l'idée de porter un nœud papillon et de devoir démêler ses boucles. Grand-Maman s'extasiait devant Le Brun et Jeanne qui lui avaient offert une robe en soie bleue pour le mariage. Elle répétait : « Ce n'est pas raisonnable, ce n'est pas raisonnable. » Jusqu'au dernier moment, elle avait imaginé devoir enfiler la robe qu'elle portait pour le baptême de l'aîné de nos cousins, ornée de grosses fleurs façon papier peint des années 1970, recyclée pour son pot de retraite et qu'elle allait devoir surrecycler pour le mariage de son dernier fils. À dire vrai, Le Brun était un tombeur incorrigible, Jeanne collectionnait les amours et les mômes, sa sœur faisait pareil, si bien que Grand-Maman n'avait marié aucun de ses quatre enfants.

Quelques heures avant la cérémonie à la mairie, Jeanne m'a demandé de m'habiller en vitesse, une course urgente à faire, il manquait nos diadèmes. C'était étrange, j'avais pourtant essayé le mien avec Grand-Maman quelque temps auparavant. Mais Jeanne m'a dit : « Il en manque un pour une des filles. Arrête de poser des questions, j'ai besoin de toi. » Elle m'a attrapé la main, nous sommes sorties en vitesse. Un homme nous attendait dans sa voiture devant l'escalier E. Il a pris la direction de la porte des Lilas. Il me regardait sans cesse dans le rétro tandis que je dégustais à pleines mains le chapelet de Treets qu'il m'avait offert en guise de salutations. Nous avons pris le périph et sommes sortis à Aubervilliers. J'ai eu le temps de finir deux paquets. Il nous a déposées à l'entrée d'une cité. Il a dit à ma mère :

« Avance avec la petite, c'est au bâtiment B, je trouve une place pour me garer et j'arrive. »

Et Jeanne a répondu :

« Fais vite, je t'ai dit qu'aujourd'hui, on prend juste un café. Pour le reste, on verra une prochaine fois. »

Autour de moi, aucune trace de boutiques de diadèmes.

Le conducteur n'a pas tardé à nous rejoindre en bas du bâtiment B. Nous avons grimpé quatre étages par l'escalier et il nous a fait rentrer chez lui. Trois pièces ici aussi, un grand salon au bout d'un couloir, une chambre d'adultes sur la droite et sur la gauche une chambre d'enfants avec trois lits, dont un superposé. Au sol, il y avait de la moquette partout. Jeanne détestait la moquette, moi aussi, mais nous n'avons rien dit. Personne ne se trouvait dans l'appartement, ce serait le cas jusqu'à notre départ une heure plus tard.

Nous avons pris place tous les trois dans un énorme canapé d'angle en similicuir. Sur la table basse en bois aggloméré, le conducteur a déposé un Oasis orange pour moi et des cafés pour Jeanne et lui. Puis il s'est penché vers moi et d'un mouvement de pouce, comme un essuie-glace, a remis mes sourcils trop fournis et indisciplinés en place, et il a lâché :

« Tu es bien comme ton père, toi, tu as les sourcils dans tous les sens. »

J'ai tourné la tête vers Jeanne sans comprendre. De quel père parlait-il ?

Le conducteur a saisi mon trouble, il a dit à ma mère :

« Mais tu ne lui as rien dit ? »

Jeanne a répondu :

« Attends !

— Tu sais qui je suis pour toi ? » a-t-il demandé en me fixant.

Jeanne a dit :

« Arrête ! »

Mais il a posé de nouveau sa question, et moi je suis restée mutique.

« Ton papa, je suis ton papa », a-t-il finalement déclaré.

Ma mère s'est agacée.

« Tu ne pouvais pas attendre ? Tu n'es pas bien de lui balancer un truc pareil ?

— Attendre jusqu'à quand ? Que je la revoie dans cinq ans ? » a-t-il rétorqué.

Jeanne a dit :

« Arrête de jouer au con. »

J'étais perdue. J'étais petite-fille de veuve, fille de mère célibataire, et à la maison on n'avait pas le droit de parler des pères. J'avais des sœurs, un frère, une mère – enfin, plutôt deux avec Grand-Maman –, des oncles, ça s'arrêtait là et on me disait que j'avais suffisamment de quoi. J'ai dit :

« Je peux avoir encore du jus ? »

Je ne comprenais pas ce que nous foutions là.

Ce père était aussi troublant que le capitaine Flam et certainement pas de notre galaxie. Il m'a demandé :

« Tu veux un Nuts ? »

J'ai fait signe que oui et j'ai englouti la barre chocolatée. J'en ai demandé une autre, Jeanne a dit non, le capitaine Flam a dit oui et m'en a tendu une seconde. Jeanne a râlé :

« Tu comptes faire ça pendant longtemps ? À tout ce qu'elle te demandera désormais, tu lui diras oui ? »

Ils ont encore discuté, le capitaine Flam a dit :

« Tu veux savoir pourquoi je ne la vois pas ? Parce que c'est toujours toi qui décides comme tu veux, où et quand. »

Et Jeanne a répondu :

« Bien sûr… Arrête un peu tes conneries, c'est trop facile. »

Ils ont arrêté de se chicaner et il m'a demandé si je voulais aller jouer dans la chambre des enfants. J'ai dit non, et de toute façon, Jeanne avait signifié qu'on devait partir. Alors il nous a ramenées rue Piat, nous n'avons pas acheté de diadème – j'avais bien dit qu'on n'en avait pas besoin. Nous nous sommes dit au revoir, Jeanne tirait un peu la tronche, mais pas tant que ça. Et j'ai examiné en détail mon soi-disant papa, ses traits, sa coupe afro, sa peau si foncée, et c'est alors que j'ai compris pourquoi les élèves, à l'école, s'adressaient à moi en disant : « Allô, docteur ? C'est la Noiraude », réplique tirée d'un programme télévisé jeunesse. À moins que ce ne soit autre chose.

Dans le reflet du miroir de l'ascenseur de l'escalier E, peu avant d'atteindre le dernier étage, j'ai demandé à ma mère :

« Toi aussi tu étais noire quand tu étais petite ? »

11

La deuxième fois que j'ai vu mon père, ce fut pire que tout. À dix ans, j'ai compris qu'il n'était pas à la hauteur. J'avais demandé à le revoir, Jeanne avait accepté et lui ne s'y était pas opposé. Nous sommes allés goûter un vendredi après-midi dans un rade de la porte de Montreuil situé sur la dernière portion de trottoir avant l'entrée du périph. L'endroit existe encore. J'ai vu récemment qu'ils avaient ajouté des parasols multicolores sur la terrasse, pourtant, c'est toujours aussi triste à crever.

Ce jour-là, j'ai eu droit à une glace et un Fanta. Jeanne est restée collée à moi. Mon père nous a proposé d'aller faire du shopping. Il ne prenait pas beaucoup de risques, il savait que nous ne trouverions pas grand-chose dans le quartier. Et nous avons échoué dans le premier magasin de fringues d'enfants du boulevard Davout : c'était Du pareil au même. Il m'a offert un sweat-shirt sur lequel Snoopy, assis sur un toit rouge, disait : « Ne négligeons pas le fait que je suis peut-être génial », puis Jeanne nous a quittés et j'ai passé le week-end chez lui, dans le bâtiment B de son HLM à Aubervilliers, où j'ai rencontré ses enfants et son épouse. Les légitimes.

Ses mômes m'ont d'emblée détestée. Sans doute parce que leur mère et la mienne avaient été amoureuses du même poltron au même moment et que, malgré cela, nos vies avaient continué comme si de rien n'était. Ils étaient trois. L'aîné avait un mois d'écart avec moi. Trente et un jours, très exactement. Ambiance. Il a balancé les

Carambar que j'avais achetés avec l'argent de poche donné par Le Brun. Il y a mis tant de rage que les bonbons ont quasiment atterri à l'autre bout de la cité. J'oscillais entre dépit et admiration, car c'était tout de même une performance. Lucas, son frère, s'est jeté sur les Carambar pour en récupérer le plus possible. On a fini par négocier : 50/50. Puis il ne m'a plus adressé la parole. J'imagine que rapport aux Carambar, il a pensé qu'on ne jouait pas avec la nourriture.

À table, ils disaient « papa », je disais « Richard ». Mon père a trouvé ça malpoli que je l'appelle par son prénom. Il a demandé à me parler dans un cérémonial étrange, son épouse à son bras. Celle-ci m'a reproché la même chose que lui, en gros de ne pas me comporter comme si j'étais sa fille. Puis les deux ont dit : « Vis-à-vis de tes frères et sœur, ce n'est pas une façon de faire. » J'ai cru qu'ils parlaient de Raph et des biches. Je ne voyais pas le rapport. Ils ont insisté, se sont énervés. En quelques heures, il aurait fallu que j'apprenne à dire « merci, papa, pour le Snoopy », « non, merci, papa, pour le dessert », etc. Sauf que « merci, papa », « non, merci, papa », ça n'existait pas pour moi. J'ai répondu qu'il n'avait pas à la ramener concernant mon éducation. Il m'a trouvée insolente, moi, la petite bâtarde, l'enfant de l'adultère.

Sa fille Éva s'en est mêlée. Elle m'a traînée dans la chambre des enfants. Elle non plus ne comprenait pas ma façon de parler à son père, ou plutôt « à notre petit papa ». Décidément, on était très à cheval sur le langage chez eux. Mais comment aurais-je pu dire « mon petit papa » à un homme que je n'aurais pas reconnu dans la rue, ni même s'il avait sonné à ma porte ? Et puis je n'allais pas dire « mon petit papa » à un homme qui n'avait pas reconnu sa fille à sa naissance. J'étais vraiment énervée, j'ai traité Richard de tous les noms. Éva n'a pas apprécié du tout et a fini par aller le chercher. J'ai continué de proférer des injures à l'intention de « notre petit papa » devant lui, et cela a donné : gros mot, gifle, gros mot, gifle, gros mot, gifle, gros mot, gifle, gros mot, gifle. Après cette tannée magistrale, il m'a ramenée chez Grand-Maman. C'était un jour plus tôt que prévu. Sur le palier, il m'a dit : « Salut. » J'ai répondu : « Salop. » Il m'a recollé une baffe. Il a patienté quelques secondes, attendant peut-être que je pleure, avant de dégager.

Dommage pour lui, je savais retenir mes larmes. J'avais du métier.

12

Grand-Maman a attendu les résultats du brevet des collèges que mon cousin et moi passions cette année-là, pour déménager. Elle ignorait que je ne m'étais pas présentée aux épreuves. Grand-Maman ne supportait plus la rue Piat qui n'en finissait pas de se dégrader. Pour éviter la pisse dans l'ascenseur, on ne prenait plus que l'escalier, et là encore, il n'était pas rare qu'on tombe sur de la merde de chien. Grand-Maman devenait folle, il lui arrivait même d'en pleurer. Nous n'avions plus le droit de fréquenter le Terrain rouge dont toutes les mères de la cité s'accordaient à dire qu'il n'y avait là-bas que des problèmes, des *machakil*, des *problemas*.

Grand-Maman a voulu quitter la rue Piat mais elle a rapidement compris qu'elle avait peu d'alternatives : soit elle achetait, évidemment pas dans la capitale vu les prix, soit elle louait, mais ce serait pour se retrouver de nouveau en cité HLM. Or Grand-Maman, qui avait passé son enfance dans le Quartier latin, qui avait été scolarisée rue Saint-Jacques et avait eu du mal à atterrir à Belleville avant de s'y faire joyeusement grâce à nos arrivées successives, « nos entrées en scène », comme elle disait, ne voulait plus de ça. Et elle a fini par se résoudre à s'installer loin de Paris.

Ce n'est pas comme si elle n'avait pas vu venir tout ça. Elle disait toujours qu'à Belleville, les spéculateurs finiraient par expulser les familles les plus modestes et que les dealers feraient le reste. D'ailleurs, Le Brun était tombé dedans. L'héroïne avait gagné les quartiers populaires jusque dans les bras de mon oncle. Grand-Maman ne supportait plus ses frasques, l'hôpital Marmottan, ses séjours en « rehab » et les rechutes qui suivaient. Malgré ça, je lui en voulais de partir, de penser à elle avant de penser à nous. Je lui ai demandé :

« Pourquoi tu pars ?

— Mais, mon petit, je ne pars pas, je déménage, et tu sais très bien que je reviendrai vous voir. Tu sais aussi que tu pourras venir me voir quand tu voudras.

— Mais je déteste la campagne, tu sais ça.

— Allons, mon petit, tu as toujours aimé les vacances.

— Ça dure toujours trop longtemps à la campagne, je m'ennuie trop et tout le temps. Tu disais que tu aimais Paris comme nulle part ailleurs ! Et pourquoi tu nous as pris avec toi si c'est pour nous laisser ?

— Premièrement, je ne vous ai pas “pris”, comme tu dis, et je ne vous laisse pas. Je déménage !

— Non, tu nous laisses ! »

Techniquement, c'est vrai qu'elle nous laissait, ce qui voulait dire que nous aussi allions déménager. À plein temps chez notre mère, escalier 12.

« Vous ai-je jamais laissés, hein ? a-t-elle insisté.

— Mais pourquoi tu pars de Paris, alors ? » Elle a haussé le ton.

« Je ne quitte pas Paris, on me fout dehors ! »

Mais moi, ça m'était égal qu'on la foute dehors, ce n'était pas une excuse valable. J'ai dit :

« Si tu t'en vas, je mettrai des jeans déchirés ! »

Elle a réprimé un sourire.

« Si tu t'en vas, je ne travaillerai plus à l'école ! »

Ça, ça pouvait la tuer. Et j'avais déjà pris de l'avance en n'allant pas passer le brevet et en arrêtant le latin.

Elle a secoué la tête.

« Si tu t'en vas, je fumerai ! »

Elle a viré livide.

« Tu dis ça, ma petite-fille, pour être méchante et m'inquiéter.

— Si tu t'en vas, je coucherai avec plein de garçons ! »

Ça aussi, ça pouvait la tuer, ça aurait dû, d'ailleurs. Pour tout dire, je voulais qu'on crève toutes les deux, là, tout de suite, pour qu'elle ne parte pas sans moi. Dans ma tête d'ado, c'était « tu restes ou on crève ». L'idée de voir Grand-Maman partir et la perspective de perdre la rue Piat me terrassaient. Je me suis jetée contre elle et j'ai pleuré dans ses bras pendant cinq minutes, ou peut-être mille ans, en pensant à quand nous étions petits et que c'était à mon tour de dormir avec elle.

Grand-Maman allait s'installer dans un village de quatre cent cinquante personnes, à cent cinquante kilomètres au sud de Paris. Nous étions le 13 juillet et elle partait le lendemain, bien que ce soit un jour férié. Grand-Maman étant une locataire exemplaire, à titre exceptionnel, la concierge, Mme Santana, l'avait autorisée à lui faire remettre les clés par quelqu'un de confiance le 15 au matin. C'est souvent comme ça avec les concierges, elles ont leurs têtes. Celle de la rue Piat comme celle de la porte de Montreuil étaient des sortes de présidentes de la République de la cité, accordant des titres et des mesures exceptionnelles à qui bon leur semblait.

Il fut donc convenu avec Grand-Maman que je rentrerais définitivement porte de Montreuil le 14 juillet, que l'escalier 12 deviendrait mon unique domicile, et que je reviendrais une dernière fois rue Piat le 15 au matin afin de restituer les clés à Mme Santana.

Le Brun, qui se portait bien entre deux rechutes, avait emprunté un camion poids lourd (il avait obtenu le permis pendant son service militaire) et demandé au petit Jean-Louis et au gros Dédé de la rue des Couronnes de bien vouloir l'aider à déménager sa daronne. Le Blond suivrait le convoi dans un véhicule emprunté au quartier, un Renault Express dans lequel il chargerait le surplus, c'est-à-dire Raphaël, mes frangines et Grand-Maman qui prenait le large le jour de la fête nationale avec Diane, ses bouquins, ses disques, son service en porcelaine, ses cartons, mon frère et mes sœurs, embarqués pour les vacances. Pas besoin de déménageurs ni de véhicules de location. Personne ne disait non à Grand-Maman. Elle avait offert le gîte et le couvert à tout le quartier, fait des ourlets, tricoté de la layette, gardé des bébés, préparé des gâteaux d'anniversaire. Les voisins étaient ses obligés.

J'ai regardé partir le convoi et à tous je leur ai dit au revoir en faisant un petit signe de la main comme on dit : « À tout'. »

Pour rejoindre l'escalier 12, j'ai hésité à prendre la rue de Belleville sur ma droite ou à passer par la rue des Envierges et l'escalier de la rue Levert. J'ai finalement opté pour la rue des Envierges pour contempler le parc une dernière fois. Mais je l'ai à peine vu, à cause des larmes je veux dire. Je me suis arrêtée devant la bonne boulangerie du quartier, tellement bonne qu'elle avait fini par être classée monument historique. Enfin, c'est ce que j'imaginais naïvement, qu'il avait suffi que les croissants soient bons pour qu'elle soit classée. J'ai contourné la rue des Pyrénées qui me faisait trop penser à Grand-Maman, et chialer aussi, et j'ai pris sur ma droite la rue des Cascades.

À une dizaine de mètres devant moi, un mec vraiment mignon avançait en sens inverse. Il portait un 501 brut comme le mien et une veste de survêt Adidas verte avec une fermeture Éclair qu'il avait complètement remontée. Il marchait avec des écouteurs dans les oreilles et chantait en anglais à voix haute. Paraît que c'était du rap.

Je l'avais déjà vu dans le coin. C'était un copain de Raphaël, ils allaient ensemble à l'athlétisme. Je le croisais parfois au stade Louis-Lumière, j'y allais de temps en temps pour faire du trampoline avec des copines et mes sœurs ou papoter dans les gradins. Ce gars s'appelait Gustave.

Un jour, il s'était assis avec nous sur le bord de la piste. Comme les filles et moi on trouvait son prénom étonnant, pour ne pas dire bizarre, il nous avait raconté que ses parents l'avaient appelé ainsi en hommage à Gustav Mahler. Enfin, lui disait « à cause » de Gustav Mahler. On ignorait qui était ce « Gustave Malheur », mais on s'en foutait. Dans le quartier, le plus beau, c'était Gustave tout court. Le plus beau et le plus mature. Ce n'était pas un gamin, Gustave, il avait deux ans de plus que nous.

Et en ce jour de tristesse où je tournais le dos à mon enfance, au milieu du trottoir de la rue des Cascades, Gustave Malheur m'a dit :

« Salut, ça va ? »

Évidemment, j'ai menti. J'ai dit :

« Salut ! Ouais, ça va. Et toi ? »

Il a demandé où était mon frère, j'ai répondu qu'il venait de partir en vacances avec ma grand-mère et mes sœurs. Il a balancé :

« Ah ouais ? Pas toi ? »

J'ai dit que je n'aimais pas les vacances, j'ai pensé que ça faisait bien. Lui, il revenait tout juste d'Antibes où sa famille a une maison et il partait à l'île de Ré le surlendemain. Je n'avais jamais mis les pieds sur une plage de la Méditerranée, je ne connaissais pas non plus l'île de Ré. J'étais allée en Normandie avec l'association Les Jeunes de Ménilmontant, dans le Limousin et dans des gîtes bretons avec Jeanne et Grand-Maman. J'ai évité son regard, j'ai maté mes pieds, puis les siens qui se mariaient si bien à mes Creeks grises, et j'ai dit :

« Elles sont chouettes, tes baskets. »

C'étaient les nouvelles Nike que son père venait de lui rapporter de New York.

Des yeux verts et des baskets US, c'était tellement trop classe, j'avais tellement trop de chance, alors j'ai préféré faire celle qui s'en foutait. Je me suis appuyée sur une jambe, une main à la taille, l'autre dans la poche, genre désinvolte. Gustave Malheur a fouillé dans la poche de son Levis et en a sorti un paquet de Marlboro. Il a pris une clope qu'il a coincée entre le majeur et l'index de la main droite et m'en a proposé une. J'ai décliné, jamais eu envie de fumer pour faire comme les autres. Il a enchaîné, sans y prêter attention :

« Tu vas regarder le feu d'artifice au parc, demain ? »

Depuis la colline de Belleville, on a une vue imprenable.

« Non. J'y vais pas.

— Pourquoi ?

— J'y vais pas, j'te dis.

— Vas-y, dis-moi pourquoi.

— Parce que j'habite plus ici.

— Depuis quand ?

— Depuis maintenant. »

L'envie de chialer est revenue, j'ai dit que je devais partir. Il m'a demandé mon numéro de téléphone, j'ai joué grand style en le rembarrant, j'ai dit que je l'appellerais moi-même si un jour j'en avais envie. En vrai, on n'avait plus de téléphone, porte de Montreuil, Jeanne n'avait pas payé la facture depuis des lustres et Grand-Maman ne voulait plus le faire à sa place. J'avais une carte téléphonique, une cent unités que Grand-Maman m'avait achetée afin que je puisse l'appeler dans sa nouvelle maison. Elle a dit aussi : « Et puis on s'écrira, mon petit. »

Et ça, c'était vrai, je le savais. Quand nous partions en colo avec l'association des Jeunes de Ménilmontant, elle nous écrivait tout le temps. On lui répondait sans faire la moindre faute. J'adorais quand elle nous écrivait, j'acceptais même d'être éloignée d'elle uniquement parce que je savais qu'elle allait nous écrire. Dans ses lettres, elle racontait la rue Piat, ses journées, ses sorties, elle parlait de René le boucher, de la boulangère, du musée Carnavalet qui était toujours gratuit, et même de la fête des Loges. À présent qu'elle déménageait, elle m'avait laissé des enveloppes et des timbres qu'il fallait d'abord lécher avant de les coller. Je détestais ce goût, et je détestais penser à tous ces courriers baveux que je recevrais dans ma vie.

Gustave Malheur a fouillé dans sa poche, pas vraiment secoué par la nouvelle de mon départ. Il a sorti un crayon à papier tout taillé et un ticket de métro jaune sur lequel il a écrit « Guss » et son numéro de téléphone. Puis il m'a tendu le ticket.

13

Le lendemain, j'ai traversé l'arrondissement à pied, jusqu'à atterrir porte de Montreuil. Puis j'ai emprunté la ligne 9 sans ticket. Je n'avais rien à faire, je traînais, mes copines étaient toutes en vacances, et comme tous les étés ou presque, je passerais celui-là à les attendre. Dans la rame, un mendigot de la communauté rom a mis l'ambiance avec un ampli qu'il traînait sur un chariot à bagages tenu par des tendeurs à vélo. Il parlait fort, expliquait aux usagers qu'il était un *Italiano,* un *Italiano vero*, et aussi qu'on le laisse chanter *una canzone piano piano*.

Je suis sortie à la station Mairie-de-Montreuil et me suis dirigée vers le cinéma Georges-Méliès. *La Petite Voleuse*, de Claude Miller, allait commencer dans un quart d'heure. J'ai pris un billet en montrant ma carte « famille nombreuse ». Sur la photo, je portais un K-Way bleu, j'avais des couettes, la honte, mais les réductions en valaient le coup. Le Méliès proposait des semaines à thème. J'y ai passé la journée, allant d'une salle à une autre sans repasser par la caisse, avalant *L'Effrontée*, puis *Charlotte for Ever* dans la foulée, sans que personne vienne me débusquer.

En quittant le cinéma, j'ai filé jusqu'à la place de la République. De République, j'ai remonté la rue du Faubourg-du-Temple, je me suis arrêtée au Prisu, rayon cosmétiques, j'ai essayé sur le dos de mes mains plusieurs teintes de rouge à lèvres. J'ai pris un Arcancil texture satinée et ton acajou. Quand je dis j'ai pris, j'ai pris !

Puis j'ai continué à remonter jusqu'à la rue de Belleville et j'ai marché jusqu'à la rue Piat. Comme je n'avais pas encore rendu les clés à la concierge, je suis montée à l'appartement. Je m'y suis presque promenée, j'ai traversé lentement les pièces vidées de leurs meubles en regardant longuement le Terrain à chacune des fenêtres, respirant fort dans la chambre de Grand-Maman pour imprimer son odeur dans mon esprit. Mue par une soudaine détermination, je suis ressortie, j'ai pris l'ascenseur. Arrivée dans le hall, face au miroir crasseux, j'ai appliqué pour la première fois du rouge sur mes lèvres. Il était 22 h 35.

Il paraît que lorsqu'on quitte Belleville, on voit défiler sa vie devant soi. C'est peut-être vrai, après tout. Je me suis rendue au parc pour voir le feu d'artifice du 14 Juillet, enfin, plutôt pour tenter de choper Gustave. Je l'ai repéré assez facilement, assis contre le muret, son mountain bike calé à côté de lui. Il discutait avec un mec que je ne connaissais pas, certainement pas un gars du quartier. Ils me tournaient le dos et ne m'avaient pas vue. Je voulais que Guss sache que j'étais là, mais je n'ai pas osé aller vers lui. Alors je l'ai observé de loin, subjuguée par ce garçon de dix-huit-ans ou presque, qui fumait une clope d'une façon tellement stylée à mon goût.

Il n'y avait pas beaucoup de monde à l'entrée du parc et sur le trottoir de la pizzeria. Peu de têtes m'étaient inconnues. Mme Koné courait après Ibrahim, le benjamin de la famille, et hurlait : « Ibrahim, laisse ce vélo, il va tomber ! » Moi, je ne demandais que ça, qu'il le fasse tomber, et ça a fini par arriver. Le moutain bike a dégringolé, le gamin a chialé, et Guss s'est retourné.

J'ai capté tout de suite qu'il essayait de faire celui qui s'en foutait de me voir. Il a réprimé un sourire, a ramassé son vélo et, pendant que Mme Koné consolait son fils, m'a fait signe d'approcher en agitant deux fois la main avant de la ramener vers son buste. Il a haussé les épaules et j'ai lu sur ses lèvres qu'il me disait : « Bah, viens ! »

Il m'a présenté Étienne, son cousin de La Rochelle venu quelques jours à Paris pour fêter son bac. Il a ajouté qu'ils repartaient ensemble à l'île de Ré. Le feu d'artifice a éclaté à ce moment-là. Les badauds criaient : « Oh ! Ah ! Waouh ! » à chaque nouveau tableau, et Gustave répétait comme en écho leurs cris enthousiastes, jouant le gars fasciné alors qu'il ne l'était pas. Moi, je l'étais pour de vrai, fascinée, par la tour Eiffel illuminée, par le sourire, par les yeux verts, par les taches de rousseur de Gustave.

J'ignore ce que les deux cousins se sont dit, mais après un conciliabule à voix très basse que j'ai fait semblant d'ignorer, Étienne est parti. Au bouquet final, Gustave m'a proposé d'aller nous balader. Bien sûr, j'ai dit oui. Nous avons arpenté tout le quartier. Devant la caserne de Saint-Fargeau, je me suis plainte du froid. Gustave a ôté sa veste en jean, il l'a posée sur mes épaules et en a profité pour m'embrasser.

Du bal des pompiers à proximité, nous entendions la sono, *Oh ! Darling* des Beatles. Guss m'a prise par la taille et m'a fait danser sur le trottoir. J'en ai attrapé le tournis. Ce moment, j'aurais voulu le prolonger jusqu'au bout de la vie, mais ça s'est arrêté là. Gustave devait rentrer, sa mère et son beau-père l'attendaient. Il m'a proposé de me raccompagner. Je lui ai dit que je rentrais rue Piat et il s'en est étonné puisque je lui avais dit la veille que je n'y habitais plus. Je n'ai pas commenté. Pas envie de lui dire que j'avais toujours les clés de l'escalier E, vu que je devais les rendre à Mme Santana.

Gustave m'a laissée en bas du bâtiment. Je me suis engouffrée dans le hall, j'ai pris les escaliers et suis rentrée dans l'appartement. Dans la chambre de Grand-Maman, j'ai disposé sur le parquet des feuilles de journaux gratuits que j'avais pris à la boulangerie et je me suis couchée sur ce lit de fortune le cœur en fête, oubliant l'inconfort jusqu'au réveil, courbaturée, encapsulée dans la veste de Gustave. L'adolescente timide que j'étais n'aurait jamais osé imaginer que Gustave puisse poser un œil sur elle. Je regrettais presque d'avoir lâché le collège. Devenue la meuf à Gustave, sûre qu'à la rentrée, j'aurais été la fille pop' du lycée.

Une fois les clés remises à la gardienne, je suis retournée porte de Montreuil. Jeanne m'attendait, morte d'inquiétude. Elle m'a engueulée. Elle pouvait dire ce qu'elle voulait, la pauvre, moi, je planais haut.

Gustave et moi, on s'est parlé chaque jour jusqu'à son retour à la fin du mois d'août. Chaque soir à 20 heures, je descendais à la cabine pour l'appeler au numéro qu'il m'avait donné. Je détestais lorsque ce n'était pas lui qui décrochait et que je devais quémander pour lui parler. « Bonjour, est-ce que je pourrais parler à Gustave, s'il vous plaît ? »

On parlait parfois jusqu'à 1 heure du matin. Il me faisait rire, il était vif et ne manquait pas de choses à raconter : la moto, le bateau, les glaces, la vie nocturne. Il arrivait que je raccroche et que je sorte de la cabine pour laisser passer les gens qui attendaient, puis que je rappelle aussitôt leurs conversations achevées. Il disait que je lui manquais, que ça faisait un moment que je lui plaisais, qu'il me regardait toujours au stade ou quand il me croisait dans le quartier. Ça m'a fait peur de l'aimer et de passer mes journées à attendre le coup du fil du soir. Je n'ai rien fait d'autre de l'été.

De retour à Paris, il m'a invitée chez lui. Dans sa chambre, il m'a offert un bracelet en coquillages en plastique fabriqué en Chine. J'étais aux anges. Il m'a entraînée sur son lit, on s'est embrassés pendant une heure, puis il a commencé à passer ses mains partout sous mon tee-shirt et sous ma jupe. Je me dandinais, je résistais, mais je n'avais pas beaucoup de marge sur son lit 90 × 190. Il était en avance sur moi qui n'avais jamais eu d'amoureux. Je l'ai repoussé doucement, je me suis relevée en rajustant mes vêtements puis je me suis assise à son bureau en face du lit et j'ai griffonné avec un stylo plume Reynolds sur un cahier Clairefontaine qui traînait, que je préférais attendre. J'ai arraché la page pour la lui donner. Il a lu mon message et m'a dit OK d'un ton sec.

« OK ? j'ai répété.

— T'es une gamine doublée d'une allumeuse, sérieux !

— C'est pas ça… »

Il s'est redressé, il était furieux.

« C'est bon, bouge de là, tu te la racontes mais t'es vraiment une bouffonne. En plus, t'embrasses mal. »

Je l'ai traité de méchant, il m'a traitée de pucelle, il m'a dit de rentrer chez moi, qu'il devait aller à l'athlé, il a balancé mes Air Max blanc et rouge le plus près possible de la porte de sa chambre. J'étais sonnée.

Les jours d'après, il ne répondait plus lorsque je l'appelais. J'ai appris qu'il était retourné avec son ex, une fille des beaux quartiers qui fréquentait un lycée privé à Saint-Sulpice, dans le 6e arrondissement. Une fois, je les ai même croisés. Il se disait aussi qu'il avait plusieurs copines en même temps, ce qui était vrai. Un soir, je l'ai aperçu devant l'auberge de jeunesse du quartier en train de dévorer une sublime Latine de vingt ans.

L'auberge de jeunesse, c'était un peu l'Hôtel de Crillon du coin. Tous les mecs s'y ruaient pour aller draguer les touristes qui y séjournaient. Et puis il y avait un baby-foot et un espace détente au rez-de-chaussée, avec un distributeur de canettes et un autre de capotes, le tout accessible vingt-quatre heures sur vingt-quatre. C'était vraiment l'endroit le plus cool du quartier, que je m'efforçais désormais d'éviter.

Je ne faisais que soupirer, c'est Jeanne qui le disait. Grand-Maman m'avait écrit, regrettant d'apprendre que j'avais eu « une histoire malheureuse avec un mufle qui avait mis "un coup de canif dans le contrat" », comme disait mon grand-père. Malgré tout, Gustave m'obsédait. Je souhaitais que toutes les jolies filles autour de moi disparaissent, que les parents de Sonia, la plus belle d'entre toutes, l'envoient vivre au bled. Elle était plus âgée que moi, de deux ans, les mecs ne parlaient que d'elle. À la rentrée, elle était revenue sublime de Tunisie. J'en ai crevé de jalousie, j'avais peur que Gustave ne la rencontre.

Je voulais qu'aucune fille ne croise son chemin.

Je voulais qu'il n'ait plus d'autres choix que moi.

Je ne suis plus retournée en classe, j'ignorais si Grand-Maman était au courant. Jeanne, elle, ne semblait pas s'en inquiéter. Très vite, j'ai bossé. Comme caissière d'abord, puis femme de ménage, ou baby-sitter, rien ne me rebutait. J'étais payée au noir, en espèces, j'avais l'impression d'empocher des fortunes.

Un matin, peut-être six mois après que Gustave m'a viré de chez lui, en descendant travailler, j'ai découvert, dessiné à la bombe sur le bâtiment d'en face, un énorme visage rond, la mine triste. C'était signé « Le méchant ». Suivait une ligne entière de pointillés qui s'étalait sur le sol goudronné et prenait fin à l'entrée de l'escalier 12. J'ai trouvé cette façon de s'imposer originale, je me suis retenue d'appeler Guss.

Six mois plus tard, sur le même mur qui avait été repeint entre-temps, j'ai découvert un autre dessin. Il s'agissait cette fois d'un portrait de fille aux cheveux bouclés et aux yeux clos, entouré d'une constellation d'étoiles parmi lesquelles étaient éparpillées quatre lettres de tailles et de formes inégales « *n* A N *a* ». C'était joli, il faut le dire.

Cette fois je n'ai pas pu me retenir.

J'ai appelé chez Gustave, c'est lui qui a décroché.

« La fille dans les étoiles, elle dort ou elle est morte ? j'ai demandé.

— Elle rêve. Et tu pourrais dire bonjour », a-t-il dit avant de se mettre à rire.

Ce sont ces rires qui m'ont ramenée à lui, et peut-être le savait-il. J'ai accepté de le revoir le soir même. À partir de là, il est resté collé à moi. Il jurait ne vouloir voir personne d'autre, disait que les filles de l'auberge de jeunesse, c'était terminé, que tout ça, c'était du passé, qu'il avait réfléchi, qu'il avait changé. Il voulait toujours savoir où j'étais, ce que je faisais. Enfin, j'étais l'élue.

Il m'accompagnait travailler ou venait me chercher dès qu'il le pouvait, et je faisais pareil dès que j'étais disponible. Il venait même me retrouver à ma pause déjeuner. Nous étions indissociables du matin au soir, à l'exception des nuits où chacun rentrait chez soi.

Nous passions nos soirées à traîner, à nous embrasser, manger des pizzas à pâte fine et des paquets de Frizzy Pazzy pour le dessert, avec supplément Marlboro et shit pour Gustave. Un samedi soir, alors que sa famille était partie en week-end, après de longues discussions j'ai fini par accepter de rester auprès de lui pour la nuit.

Je l'ai senti passer.

14

Il y a plusieurs Belleville. Il y a le mien, et il y a le leur, je veux dire le Belleville des parents de Gustave. Ça me fait mal à en crever quand j'y pense, mais c'est vrai, on ne vient pas tous du même Belleville.

Je me souviens d'un dîner il y a peu, c'était l'été 2021 peut-être. J'étais arrivée en avance à un rendez-vous avec des amis, je m'étais posée *dans un bar à Barbès, thé à la menthe, couscous et tajine à la carte*[1]. J'attendais deux copines, Aude et Clara, elles sont arrivées avec Kim, un de leurs anciens potes de lycée. En me voyant, Aude s'est extasiée sur ma robe fuchsia. Je l'ai calmée net en lui disant que c'était du H&M.

« Tu t'habilles encore chez H&M ? Franchement, moi, H&M et Uniqlo, c'est ter-mi-né. Ça ne te dérange pas qu'ils maltraitent le personnel ? »

Moyen sympa, l'entrée en matière. J'ai répondu, furax :

« D'abord, je m'habille où je veux et en fonction de mes moyens. Je ne vais tout de même pas me fringuer comme Arlette Laguiller sous prétexte que je suis dans le médico-social ! Et tu crois que les marques plus chères donnent toutes dans le commerce équitable ? »

Le serveur venait de déposer nos verres sur la table. Les filles avaient commandé un chardonnay qui finirait en story sur les réseaux sociaux, Kim avait choisi une

1. « Thé à la menthe », album *Peines de Maures/Arc-en-ciel pour daltoniens*, La Caution, 2005.

bière blanche et moi un Perrier citron. De toute façon, elles m'avaient déjà saoulée avec leurs commentaires sur mes fringues. De mon côté, j'aurais pu en dire autant sur son sweat estampillé *Girls rule the world* et son *tote bag* orné d'un clitoris pour nous prévenir qu'elle était une féministe, une vraie. Kim a montré sa veste en lin et a dit à Aude :

« T'as vu, c'est la marque dont je t'ai parlé, de l'artisanat brésilien. Je l'ai achetée dans une petite boutique à Saint-Ouen. »

Il a proposé qu'on reste dîner là car le couscous est « génial », puis de filer prendre un dernier verre à Mon cœur Belleville, le restaurant-bar qui fait face au parc, tout en haut. J'y étais déjà allée plusieurs fois depuis l'ouverture et je ne savais jamais trop quoi en penser. Je n'avais plus la force d'avoir un avis sur ce que devenait le quartier, cela faisait un moment qu'on avait perdu la guerre. J'avais même vu dans une épicerie bio des croquettes et de la pâtée pour chats et pour chiens sans gluten.

On a pris la ligne 2 de Barbès à Belleville, c'était direct et vite fait. Dans la rame, je regardais la réédition des Air Jordan qu'Aude portait. Elle matait Instagram sur le dernier iPhone.

Une fois posée en terrasse à Mon cœur Belleville, je me suis enfin détendue. Le coucher de soleil sur Paris qui s'offrait à nous à perte de vue avait adouci mon humeur. Tout en sirotant son chardonnay, Aude a balancé qu'elle a-do-rait Belleville de plus en plus, qu'elle ne regrettait pas d'avoir migré dans le quartier. Clara a approuvé. Certes, ça la changeait du 7e arrondissement où elle avait grandi, à deux pas de la tour Eiffel, mais elle *adorait* elle aussi. Elle a dit :

« J'ai pas toujours traîné ici, franchement ! Quand est-ce que Belleville est devenu cool, déjà ?

— Tu veux dire cool ou à la mode ? » ai-je rétorqué, agacée.

J'étais à deux doigts d'ajouter : « Dans la vie, il y a vraiment des baffes qui se perdent. »

Pour résumer, à les entendre, Belleville était devenu un quartier branché avec leur arrivée et c'étaient elles qui avaient rendu les lieux « cool ». J'ai pensé : aujourd'hui, « j'suis ni d'chez moi ni d'chez vous[1] ». J'aurais voulu balancer sur le visage de Clara le butternut farci quinoa crevettes de la table d'à côté et dire à Aude de retourner manger son mafé de tofu avec ses copines du Viniyoga, et de me foutre la paix avec le quartier.

J'ai payé la tournée et brandi l'excuse d'être fatiguée pour me barrer. J'ai marché longtemps pour me calmer. Ces trois-là me rappelaient tellement les parents de Gustave. Lorsque Guss me les avait présentés, j'avais tout de suite eu envie d'être des leurs. Ils étaient beaux, ils étaient propres, ils étaient ce que nous étions de moins en moins depuis le départ de Grand-Maman. Et ils avaient de l'argent, même si, sur le moment, je ne me rendais pas encore bien compte de ce que cela signifiait.

Le père de Gustave habitait dans un appartement cossu de la rue du Cherche-Midi, dans le 7e, et Cathy, sa mère, avait déserté la rive gauche pour aller s'installer à Belleville avec Louis, son nouveau mari dont elle avait eu deux autres enfants. Je crois que ce repli dans le 20e, c'est ce que le père de Guss avait le moins bien encaissé dans ce divorce pour adultère qu'il ruminait encore dix ans après.

J'aurais dû sentir dès le début de notre histoire que les choses iraient de travers. Ma santé a commencé à décliner. Ma gorge s'est enflammée et mes oreilles avec. Ça partait mal. Le généraliste m'a adressée à un ORL et j'ai eu un peu honte en lui résumant la situation.

« Docteur, j'ai rencontré un garçon mais à chaque fois que je l'embrasse, j'ai mal à la gorge et aux oreilles.

— Et tu l'embrasses où, ce garçon ?

1. Extrait d'une chanson de PNL, « Au DD ».

— Bah, sur la bouche !

— Non, je veux dire dans quel endroit vous vous trouvez lorsque vous vous embrassez ?

— Bah, pour l'instant, on n'est allés que chez lui.

— Et chez lui, c'est une maison ou un appartement ?

— C'est une maison, comment vous savez ? »

Il a souri, puis il a dit :

« Je crois que tu es allergique aux poussières de maison. Ce ne sont pas les mêmes que dans les appartements, tu sais, et ce que tu me décris évoque cela. »

Cathy et Louis vivaient dans une sublime baraque cachée au fond d'une impasse. C'est donc ça qui m'avait collé une allergie ! Chacun des trois enfants avait sa chambre à l'étage, les parents une suite, le salon au rez-de-chaussée était aussi grand que l'appartement de Grand-Maman. Il y avait même un piano que je n'osais pas toucher, je le frôlais en passant devant, imaginant les sensations que cela procurait de savoir en jouer.

Louis était ingénieur du son. Au sous-sol, il y avait un studio insonorisé, un autre piano et d'innombrables vinyles et CD – Grand-Maman disait « Compact Disc ». Diplômée des Arts-Déco, Cathy avait son atelier dans une pièce à côté du salon, où elle avait ouvert une école de dessin. Le contraste avec l'escalier 12 était saisissant, pourtant, nous étions plus souvent chez Jeanne que chez Gustave. Il préférait être chez nous, dans le foutoir, et traitait sa famille de bourgeoise. Il disait ça avec ses baskets Huarache à 1 000 balles aux pieds payées par papa et sa veste Starter hors de prix offerte par maman.

Pour s'offrir son jardin en plein Paris, Cathy avait formulé une demande d'avance sur héritage à ses parents. Lorsque Gustave m'avait dit ça, j'avais été autant heurtée par le terme que par la démarche. Il m'avait fait marrer en surjouant la scène de la mère répondant à sa fille, y mettant autant d'humour que d'ingratitude : « Je n'ai pas l'intention de mourir, tu sais. » C'était devenu une blague dans la famille. Mais elle avait tout de même filé le pognon.

Gustave était un mec du quartier sans être un mec de quartier. Il avait le droit de faire les courses à Prisu alors que Grand-Maman disait que c'était bien trop cher et que Jeanne n'y laissait que des chèques en bois. Il n'allait pas à l'école dans le 20e, son père avait fait intervenir quelques pistons pour qu'il intègre un lycée du côté de Bastille. Lorsque Gustave avait arrêté les cours, juste avant le bac, son père l'avait traité de petit con et à la rentrée suivante, il l'avait inscrit dans un établissement privé hors contrat pour essayer de rattraper l'affaire.

Parfois, Guss était un peu comme eux. Il faisait comme sa famille, je veux dire : il me regardait de haut. Je jure qu'ils me regardaient de haut. Un week-end où j'étais allée le chercher chez son père, nous étions rentrés ensemble à Belleville. Nous avions traversé l'île Saint-Louis en amoureux, main dans la main, et il s'était moqué de moi parce que je ne connaissais pas les glaces de chez Berthillon. Un autre jour, alors que j'évoquais une création du chorégraphe Preljocaj, son père m'avait lancé, surpris : « Comment tu connais les ballets Preljocaj, toi ? »

Ils avaient beau dire à Gustave qu'ils me trouvaient rigolote et mignonne et nous laisser vider le frigo et les placards, ils me regardaient tous de haut. Lors des premières vacances que j'ai passées avec Cathy et Louis, ils s'étaient assurés chacun de leur côté que je savais nager !

Leur dualité était permanente, faite d'une grande générosité matérielle qu'ils brisaient régulièrement en laissant entrevoir qu'ils me prenaient pour une conne. J'ignorais que cette attitude condescendante s'appelait le « mépris de classe ». Il ne manquait qu'un message sur leur porte, comme dans le métro : « Ne mets pas ton cœur dans cette famille ou tu risques de te le faire pincer très fort. » Chez eux, les gros mots étaient interdits, et pourtant, dès qu'ils me parlaient, tout me semblait insultant et je ravalais mes mots comme on boit la tasse.

Parfois, il m'était difficile d'accepter nos différences, de ne pas avoir accès aux mêmes choses qu'eux alors que nous vivions dans la même ville. D'autres fois, cela m'était égal. Je m'en foutais, après tout, je ne passais chez eux qu'en coup de vent pour aller chercher Guss, et quand je restais, c'est qu'ils n'étaient pas là. La différence entre *mon* Belleville et le leur, c'est qu'ils avaient eu le choix d'en être et pouvaient s'en extraire si nécessaire. Et comme tous les enfants gâtés, ils ne se rendaient pas compte de leur chance et foutaient le bordel sans se soucier de qui allait le ramasser.

Néanmoins, parmi eux, Cathy, la mère de Guss, faisait exception. Elle était différente des siens à bien des égards, généreuse, spontanée, à l'écoute, douée pour l'autodérision, et cela changeait tout. Sans doute sa vie d'artiste l'amenait-elle à porter un regard plus chaleureux et sincère sur les plus modestes d'entre nous.

15

L'annonce de ma grossesse n'a vraiment réjoui personne.

On pouvait dire que je n'étais pas tombée enceinte au meilleur moment. À l'époque, j'étais la seule à travailler. Jeanne n'allait pas très bien, Raphaël se laissait porter par le quartier et les consommations suspectes qui allaient avec, mes sœurs étaient encore adolescentes, Le Brun marchait de traviole à cause de la came, et Le Blond avait fait comme Grand-Maman : il avait quitté Paris.

En plus de bosser, de faire les courses, de dépanner du flouze, dès que je m'offrais quelque chose, une fringue, des chaussures, des cosmétiques, il y avait toujours quelqu'un à la maison pour me les piquer et ça me rendait dingue. Un jour, une paire de pompes a disparu et j'étais sûre que c'était Georgia car Gaby ne faisait jamais rien dans le dos des autres. J'ai engueulé Georgia, Jeanne m'a traitée de matérialiste. Gustave m'attendait sur le palier, je l'ai rejoint en hurlant qu'ils aillent tous se faire voir et que, de toute façon, ils ne pourraient plus me prendre mes affaires parce que j'allais me casser, prendre un appart, et qu'en plus j'étais enceinte.

Mon frère et mes sœurs se sont tus, médusés. C'est comme ça qu'ils ont su. Je n'avais rien dit jusqu'alors, à Jeanne non plus.

J'ai appelé l'ascenseur, ne l'ai pas attendu et ai pris l'escalier, plutôt fière de mon coup d'éclat, Guss dans mes talons. Après quelques pas, il a lâché :

« Euh, tu voulais dire quoi, au juste, par “je suis enceinte” ?

— Bah, c’est pourtant clair, non ?

— Mais, euh, t’es sérieuse ? »

J’ai sorti de la poche de ma jupe en jean une page toute pliée du laboratoire Saint-Blaise. Le résultat du prélèvement sanguin était clair : « BETA-HCG élevée », donc, oui, j’étais sérieuse.

Il était blême. J’ai lancé :

« Mais, Guss, c’est toi qui m’as dit que si je voulais, on pouvait faire un enfant. Souviens-toi, c’était le week-end où ta mère nous avait laissé la maison à garder.

— Mais, Nana, t’as oublié la teuf qu’on avait organisée avec les potes ? J’étais fons-dé comme pas permis ! Avec toi, tout est toujours au premier degré ! Ça voulait pas dire avoir un bébé tout de suite.

— Mais t’as jeté ma plaquette de pilules.

— J’étais fons-dé, je te dis !

— Guss, c’est toi qui m’as demandé qu’on ait un petit garçon.

— Oui, je sais. Bon, t’es vraiment sûre de le vouloir ?

— T’es sérieux ? »

J’ai mis mon visage dans mes mains pour ne pas qu’il voie que je pleurais. Un instant, Gustave a semblé réfléchir en se balançant d’un pied sur l’autre, puis il a dit :

« Non, excuse, t’as raison, ça va être cool. »

Les adultes ont demandé à nous parler. Une réunion de crise a été organisée chez Cathy et Louis. Jeanne était là aussi, et pour elle, honnêtement, il n’y avait pas vraiment matière à discuter. Du côté des parents de Gustave, en revanche, j’ai tout de suite compris que la chaîne du froid avait été rompue. Ils avaient pris un coup de chaud, je veux dire.

L’annonce de ma grossesse les avait achevés. Jeanne, elle, s’en était très vite remise et commençait déjà à collecter des articles de puériculture. La seule chose qu'elle voulait, c'était que Gustave se remue un peu.

Les adultes ont dit qu'il fallait qu'on assume nos conneries. Ce à quoi nous avons répondu que nous le ferions toujours mieux qu'eux ne l'avaient fait pour nous. Gustave a rappelé à ses parents leur divorce, a dit qu'il en avait soupé de leurs absences répétées. Moi, j'ai argumenté qu'au moins mon enfant aurait un père, et que de toute façon, encore une fois, nous ferions tout mieux qu'eux vu qu'eux étaient nuls et vieux, et que nous, nous avions la vie devant nous.

Cathy a lâché :

« Pas la peine de mettre cet enfant dans la balance pour faire notre procès. Ne vous embêtez pas, on a compris depuis longtemps qu'avec vous, on avait tout raté. »

Elle parlait pour Gustave. Moi, elle s'en fichait pas mal qu'on m'ait ratée. Les adultes ont continué en disant que Gustave avait intérêt à trouver un emploi, et vite. Là, Jeanne n'a pas contredit.

« Bah, sinon quoi ? a répondu Guss. De toute manière, je ferai comme vous, je vous demanderai de l'argent comme vous l'avez fait avec vos parents ! »

Son père a éructé qu'il ne voulait plus voir ce petit con arrogant et s'est mis à traiter Cathy de sale conne pour avoir laissé leur fils devenir si médiocre et Jeanne d'irresponsable pour avoir si mal élevé sa fille qui ignorait jusqu'à l'existence de la contraception. Gustave l'a traité de connard ; moi, je n'ai rien dit étant donné que je ne savais pas ce que l'on avait le droit de répondre à un père dans ce genre de situation et qu'il aurait été mal avisé de ma part, je le sentais, d'avouer à celui de Gustave que je prenais la pilule depuis une bonne année.

Louis s'est étouffé devant l'emportement de l'ex de sa femme et l'arrogance de son beau-fils. Il a mis un terme au conseil de famille en ordonnant :

« Que chacun rentre chez soi ! Gustave, tu vas ranger ta chambre ! »

Guss a répondu :

« Toi, tu ne me parles pas comme ça ! Qu'est-ce que tu crois ? Je vais être père, t'as plus de leçons à me donner ! »

Et alors que Jeanne et moi quittions les lieux, le futur père sans emploi a pris son ballon et est sorti jouer au basket.

Le conseil de famille improvisé présageait le pire, mais tant que Gustave trouvait ça cool, ça m'allait. Après avoir quitté la maison de Cathy et Louis, sur le chemin qui nous ramenait escalier 12, Jeanne m'a demandé si j'avais informé Grand-Maman de la situation. À vrai dire, j'avais un peu peur d'annoncer la nouvelle à la « mère adjointe ». Je flippais, vraiment, d'autant qu'elle et Le Brun ne pouvaient pas encaisser Gustave. Mais je ne pouvais plus reculer. J'ai lâché Jeanne en bas de chez nous et j'ai appelé Grand-Maman d'une cabine. Pour être exacte, je lui ai donné le numéro de la cabine et lui ai demandé de me rappeler car je n'avais plus beaucoup d'unités. Rien que d'entendre sa voix, ça a effacé ma peur. Je l'aimais tellement, c'était un non-sens qu'elle me foute la trouille. Alors j'ai dégoupillé ma grenade, tout sourire.

« Grand-Maman, je voulais te dire un truc.

— Pas un truc, mon petit. Les mots ont un sens.

— Oui, Grand-Maman. Il faut que je te dise, je suis enceinte. »

Le silence au téléphone, c'est tout de même hypergênant.

« Et on peut savoir de qui, ma petite-fille ? Pardon ? Gustave ? Gustave Malheur ? »

Elle a dit « Malheur », j'ai bien entendu. Elle ne pouvait donc toujours pas l'encadrer.

Elle a ajouté :

« Aïe, donc ! Avec un père pareil, ce gamin naîtra avec un joint à la bouche. »

Je n'ai rien dit, mais j'ai tout de même eu envie de lui rappeler que je l'avais prévenue quand elle avait quitté Belleville. J'avais bien précisé que si elle me laissait, les choses changeraient.

16

Enfant, à tout le reste j'ai toujours préféré jouer au papa et à la maman, ou à la marchande, à me créer un monde et à faire comme si. Ainsi, je jouais régulièrement à la famille que je n'avais pas.

Avec Gustave, j'avais carrément décroché la maison de poupées, un joli appartement dans lequel nous avions emménagé rue de la Mare juste après l'annonce de ma grossesse. En prime : *deux* poupons, et non un seul, qui nous seraient livrés d'ici quelques mois ! Cathy s'était portée garante pour le loyer, Grand-Maman avait offert la literie et la vaisselle, Jeanne s'était chargée des affaires pour bébé, les tantes de Gustave nous choyaient. Tout notre entourage s'était mobilisé pour nous aider à nous installer décemment puisque, en plus de quitter nos familles, Guss et moi allions devenir parents.

Notre propulsion dans la vie adulte avait été fulgurante ; Guss et moi jouions aux grands comme nous le pouvions. J'avais fait le choix de devenir mère mais il y a longtemps que j'étais le parent de la mienne et de mes frères et sœurs. Gustave et moi officialisions simplement mon statut, celui d'une gamine qui n'avait pas pu l'être.

Chaque jour, Gustave s'étonnait de tout. Que je n'aie jamais mangé d'huîtres, que je ne connaisse pas la confiture d'airelles, que je ne sache pas qu'il fallait ôter ses chaussures pour monter sur un bateau mais que je verrais ça pendant les vacances, que ses oncles en avaient de beaux, des bateaux. Mais tout ça n'avait pas d'importance, du moins le croyait-on, du moment que nous continuions de jouer aux petits adultes, que nous étions persuadés d'être et de faire mieux que nos parents, du moment aussi que les fêtes venaient chaque soir entretenir notre élan, et accessoirement réveiller tout l'immeuble.

J'avais mes petits boulots, Gustave avait été pistonné pour rejoindre l'équipe des machinos à la Comédie-Française. Ça nous allait bien, mieux qu'à ses parents, même si l'honneur était sauf, la Comédie-Française étant une institution prestigieuse. On avait assez pour vivre, et pour les dérapages, nos grands-mères respectives, Grand-Maman, Muti et Granny assuraient. En semaine, on travaillait la plupart du temps, le week-end, on allait se balader. Quand Gustave passait voir son père rue du Cherche-Midi, devenue *persona non grata*, je l'attendais dans un café en bouquinant avant d'aller dévaliser la Grande Épicerie du Bon Marché.

Là-bas, je me servais. J'étais même très habile, « cleptomane », je veux dire. Ce n'était pas nouveau, cette manie de me servir pour tout et n'importe quoi. Ça avait commencé avec des Malabar au tabac de la rue Saint-Blaise, quand j'allais chercher les clopes de Jeanne. Un jour, je m'étais même « offert » un stylo qui sentait la fraise au Printemps Nation, où mon frère m'avait emmenée pour voir les dernières sorties de jeux vidéo. Le Printemps, le Bon Marché… Quitte à donner dans l'illicite, aucune raison que ça se passe à Leader Price et chez Tati. Gustave m'avait donné le goût du luxe, et dans le si calme Paris rive gauche, je n'avais aucun mal à remplir mon sac à dos qui, depuis longtemps, ne faisait plus office de cartable. J'ai arrêté à la naissance des enfants. J'ai pensé que ce n'était pas digne d'une mère de voler.

À la maison, Gustave décidait de tout. Peut-être parce que je n'avais rien à lui apprendre. En tout cas, nous faisions tous les deux comme si c'était un fait. Les couleurs des peintures, la déco, l'électroménager, la disposition des meubles, le menu, le choix des restaurants. Tout résultait de la seule volonté de Guss. Je ne m'en plaignais pas. Il me semble même qu'au début, j'ai aimé me laisser porter. Et puis j'avais l'habitude qu'on me laisse si peu de place.

Je tenais l'appartement propre. Chaque matin, il fallait effacer la fête de la veille. J'avais mes manies, Gustave ses colères. Foudroyantes, imprévisibles. Mais à cette époque, comme des adolescents, on se rabibochait très vite. Je n'avais pas encore appris à dire non. Il s'emportait quand tout était calme mais j'étais trop jeune pour comprendre sa nature profonde, et je n'imaginais pas à quel point il deviendrait plus erratique encore quand notre vie virerait au drame.

À trois mois de grossesse, mon médecin, soucieux, m'a expliqué que mon corps n'était pas encore tout à fait prêt pour accueillir une grossesse multiple. « À ton âge, l'utérus n'est pas encore très élastique, ça pousse déjà au portillon, là-dedans, et c'est beaucoup trop tôt. À partir de maintenant, tu devras rester à la maison. Tu seras hospitalisée à domicile. » La consigne était claire : « Re-pos ! » Mais qui a envie de se reposer à dix-neuf ans ?

Marianne, une sage-femme d'une cinquantaine d'années, passait régulièrement à l'appartement et veillait à ce que je prenne soin de moi. Cela devenait sérieux, je ne rentrais plus dans mes jupes ni dans mes 501. La *linea nigra* qui était apparue au beau milieu du ventre me faisait peur et les premières vergetures me tiraient des litres de larmes. Mais j'avais choisi, alors je tiendrais. Normal que tout ça ait un coût.

Terminé, Paris de long en large. Je pleurais, je n'étais plus moi-même, je m'ennuyais dans mon lit, mais Marianne ne cédait à rien. Repos ! Parfois, elle me racontait des histoires de grossesses du bout du monde en me passant la main dans les cheveux. Elle avait travaillé dans l'humanitaire, en Afrique et en Asie, elle voulait m'offrir un peu d'évasion. Mais pour moi, le voyage, c'était debout que je voulais le faire, et la destination, c'était Paris.

Georgia avait répété à tous les habitants de l'escalier 12 et aux anciens de la rue Piat que j'étais recluse. La journée, cependant, j'avais quelques visites. Quand Grand-Maman était de passage à Paris, elle venait tricoter de la layette à mon chevet. Ça m'apaisait. Au fil des semaines, je découvrais qu'être mère était une forme de contention, une affaire de rigueur. La plupart des très jeunes mères, les adolescentes je veux dire, espèrent ou imaginent qu'elles bénéficieront pendant leur grossesse de toute l'attention des adultes et qu'elles recevront du bébé l'amour qu'elles n'ont pas toujours eu, alors que cet amour, cette attention, c'est à elles de les donner à leur enfant. Quel que soit le prix à payer. Et ce prix, pour moi, c'était gober du Spasfon, endurer des perf de Salbutamol pour stopper les contractions prématurées, subir les effets secondaires, les tremblements constants, les céphalées, toujours terribles bien qu'espacées, le gonflement trop rapide de mon corps immature, les saignements qui tachaient régulièrement mes culottes en coton fleuri.

Heureusement, il y avait toujours les fêtes à l'appartement. Et le lendemain le ménage d'après fête pour moi. Un jour, alors que je venais de raconter à Marianne mon emploi du temps, elle a vu rouge et transformé illico mes journées. Désormais, les festivités auraient lieu sans moi, le ménage était proscrit, les visites limitées à la sage-femme, Jeanne, Cathy, et en dose homéopathique Raphaël, Gaby, Georgia... et Malo, le petit dernier de la fratrie, arrivé trois ans plus tôt dans la famille.

Gustave m'offrait des cadeaux, un jour des bijoux, un jour des Ray-Ban, un jour des fringues, la plupart du temps trop petites, ce qui me faisait chialer et le dépassait, bien sûr. J'étais assignée à résidence, je croyais avoir eu mon lot de souffrances, ignorant à l'époque ce que souffrir allait vouloir dire.

17

Aujourd'hui encore, quand je passe rue de la Mare devant l'immeuble dans lequel nous avons vécu Gustave et moi, avec Sam et Tiago, nos jumeaux, c'est plus fort que moi, je détourne les yeux. Cette rue étroite est comme un trait d'union entre Belleville et Ménilmontant. Face à l'édifice, de trois étages seulement, mais si peu entretenu, à l'image de certains autres immeubles de la rue, ces vies-là se rappellent à moi.

Je nous revois Gustave et moi à la caisse du Casino de la rue de Ménilmontant, le caddie chargé ras la gueule pour notre premier plein. On venait de s'installer, j'avais dix-neuf ans, Gustave guère plus. Ça allait être trop bien. Trop bien d'être libres enfin. Libres d'acheter et d'abuser de sucreries et d'autres conneries. Notre chariot débordait de sodas, de pizzas, de poissons panés, de brioches en sachets individuels, de pâtes, de fromages sous vide, de produits ménagers, de cosmétiques bon marché qui feraient de moi une femme canon, d'un sèche-cheveux, de bières, de rhum, de jus de fruits concentrés, de pistaches, de chips, beaucoup de chips, de crêpes sous cellophane vendues à la douzaine, de pots de Nutella en quantité, de lait, d'oranges et de céréales parce que le petit déjeuner, c'était très important maintenant que nous étions des adultes et que nous allions être parents.

Lorsque l'hôtesse de caisse nous a annoncé la *cuenta*, il nous manquait 450 francs sur les 1 650 à devoir. « 1 650 balles ? » a balancé Gustave en levant les yeux au ciel. Il a fallu trier, abandonner quelques rêves, déjà. On a commencé par virer le sèche-cheveux, puis le gel douche à la mangue, le lot de tasses aux couleurs d'Esteban, Zia et Tao, les personnages du film d'animation *Les Mystérieuses Cités d'or*. J'avais tellement honte ! Je me suis mise à sangloter, comme ça, d'un coup, un samedi soir à 18 h 30 à la caisse d'un supermarché. Tout le monde nous regardait.

Gustave m'a prise dans ses bras et m'a chuchoté de ne pas pleurer. Il allait me l'acheter, mon sèche-cheveux, Granny avait dit qu'elle lui enverrait bientôt un petit chèque. À vrai dire, je m'en moquais du sèche-cheveux, mon chagrin était ailleurs. C'était la première fois que je faisais les courses en maîtresse de maison, et je venais d'être refoulée à la frontière de l'abondance. Je repensais à Jeanne et à toutes les fois où elle nous avait emmenés faire les courses, nous regardant charger son caddie sans qu'elle pense jamais à nous restreindre. Je repensais aux dettes, aux huissiers, aux lasagnes surgelées qu'elle avait dû voler un soir à l'Auchan de Bagnolet pour qu'on ait à manger, et à cette phrase que nous entendions si souvent, quand elle n'avait plus de sous : « On verra quand les allocs seront tombées. »

J'étais terrifiée. Je ne voulais pas revivre ça. Guss dédramatisait. Au plus tard mardi, j'aurais mon sèche-cheveux, a-t-il dit pour me consoler. Il m'achèterait même les Timberland que j'avais repérées dans une boutique. Mais là, maintenant, il fallait qu'on trace, la file d'attente s'allongeait, les gens râlaient, on avait une teuf à préparer, et il devait encore passer pécho un morceau de shit. C'était notre premier samedi dans notre premier appartement à tous les deux et ça, on devait le fêter dignement.

Ce samedi-là, Gustave avait invité toute la jeunesse du quartier à pendre la crémaillère. Ma sœur Gaby était également de la partie. Nos voisins de palier n'ont pas tardé à se manifester. Toutes les demi-heures, ils sonnaient pour nous demander de baisser un peu. Les gars croyaient rouler leurs joints en silence alors qu'on n'entendait qu'eux dans l'immeuble, tandis que mon ghetto-blaster crachait de la musique des années 1990.

La crémaillère a duré six mois. Six mois de fêtes incessantes et des voisins qui tambourinaient sans cesse pour exiger que l'on baisse le volume. Mais nous ne les entendions pas, nous ne tournions que sur nous-mêmes en permanence. Certains potes ramenaient leurs meufs quand ils en avaient. Et elles venaient plutôt de bonnes familles, lesdites meufs, s'habillant comme des B. Girls, se prenant pour des filles « du mouvement ». Je les regardais presque de haut. Tout ce que le quartier comptait de postados insouciants ravis de squatter un appart pour leurs soirées circulait chez nous et m'emportait comme une berceuse.

J'aimais quitter la fête en cours de route pour aller dans ma chambre et m'endormir au son de cette farandole urbaine et métissée, de ce chahut juvénile et joyeux. La crémaillère a pris fin le jour de mon accouchement, et la musique a laissé place aux pleurs nocturnes des bébés qui agaçaient tout autant les voisins.

Quand je passe rue de la Mare, me reviennent aussi les images de mes fils. Je repense à la poussette bleu ciel qui passait limite dans l'exigu couloir et que je laissais en bas le soir en espérant ne pas me la faire voler, au lait maternisé, aux médocs des bébés que j'achetais à la pharmacie qui jouxtait la bonne boulangerie et aux couches pour prématurés qui ne se vendaient que sur commande à l'époque. Mes fils étaient rapidement devenus des gloires locales.

J'ai toujours plaisir à me remémorer ces courts mois de fête cette année-là. En dépit de tout, elle a aussi été celle des jumeaux, les Juju, comme on les appelait. Il n'y a qu'ici, rue de la Mare, qu'ils ont eu ce surnom.

J'ai l'habitude de faire les choses assez rapidement, mais donner naissance à deux bébés prématurés six mois à peine après notre installation, c'était musclé comme atterrissage.

J'avais toujours rêvé de gémellité. Enfant, je demandais souvent à ma sœur Gaby de faire croire qu'elle était ma jumelle. J'ai le souvenir précis d'avoir été déçue lors de la première échographie, quand le spécialiste m'a annoncé une « grossesse mono-fœtale ». Mais à la deuxième écho, lorsque j'ai appris qu'il y avait deux bébés, je n'ai pas été surprise. Je savais depuis longtemps qu'il y aurait de la gémellité quelque part dans ma vie. Et c'est ainsi que j'ai donné naissance d'un coup à deux garçons, Tiago et Sam.

Tiago n'a pas vécu longtemps, Sam n'a pas vécu aisément. Aujourd'hui, une odieuse question me traverse : si j'avais nommé Tiago Sam, et Sam Tiago, si les prénoms avaient été inversement distribués, qui serait là aujourd'hui ? Lequel serait mort, lequel serait vivant ?

Y penser me hante quand je sillonne le jardin de Belleville et que je m'assieds sur un des murets d'où je vois Paris en minuscule, ce Paris qui, en quarante-cinq ans, m'a engloutie. Et pourtant, j'ai encore envie de mon ancien quartier. Et je veux toujours aller à Ménilmontant.

Mais si Belleville est chez moi, qu'es-tu donc, Ménil ? Ces deux-là sont monozygotes. Quand je me balade à Ménilmontant, je cherche à m'y perdre. J'adore faire ça quand je me promène dans Paris, dans d'autres villes aussi, d'ailleurs. Passé le conservatoire, on s'enfonce vers un 20e moins heureux pour moi.

Nous avons pourtant aimé nous y promener Gustave et moi, puis j'ai beaucoup circulé dans le secteur avec les Juju en poussette. Depuis la rue de la Mare, pour aller visiter leur grand-mère Jeanne, nous passions parfois par le Père-Lachaise, et invariablement par Gambetta et l'hôpital Tenon, où étaient nés mes bébés, pour rejoindre le boulevard Davout, puis l'escalier 12. La place Gambetta est comme toutes les places d'arrondissements où se trouvent les mairies : rutilante. Je souris souvent lorsque je la traverse. Escalier E, quand j'étais petite, il se racontait souvent entre Le Brun, Jeanne et Grand-Maman, entre quelques éclats de rire, que « Nana pouvait aller au bout du monde du moment qu'elle passait par Gambetta ».

La place Gambetta était mon point cardinal, sans doute parce qu'elle était à équidistance de chez Jeanne et de chez Grand-Maman. Lorsque nous devions nous rendre quelque part dans Paris, je m'interrogeais non pas sur la distance qu'il y avait de chez nous à notre lieu de destination, mais sur celle entre Gambetta et notre point d'arrivée. Par Gambetta, je ne me perdais jamais, et c'est peut-être pour cela que je n'empruntais pas d'autres chemins. Aujourd'hui encore, à chaque fois que je dois quitter le 20e pour me rendre quelque part dans Paris, je passe si j'en ai le temps par Gambetta.

Si mon point de gravité reste Belleville, je n'ai en revanche gardé aucune nostalgie de l'escalier 12 et des rues tout autour. Aujourd'hui encore, l'état de dégradation des portes de Bagnolet et de Montreuil me glace autant qu'il m'attriste. En dépit des tentatives de rénovation et de réhabilitation du quartier, du boulevard Davout à Saint-Blaise et au-delà, le coin peine à s'embellir.

18

J'ai régulièrement l'impression de si peu connaître mes fils. C'est plus vrai encore pour Tiago. Ce n'est pas que je ne veux rien en dire, mais je ne me souviens que de très peu de choses de lui. À dire vrai, je me souviens surtout de sa mort. Du fracas de sa mort, puis du voile qu'elle a jeté, puis de l'opacité qu'elle a laissée avec le temps.

Les autres souvenirs sont de moins en moins ancrés et précis. Tiago est tellement mort que personne ne prononce plus son prénom. Même son souvenir n'a pas été maintenu en vie. Est-ce ça, la force de l'oubli, la profondeur des mémoires dans lesquelles son existence s'est nichée ? Aussi, lorsque je parle de lui, souvent, ça gâche l'ambiance. Les bébés morts, ça gâche l'ambiance, c'est sûr. Les mamans de bébés morts n'en parlent pas, je l'ai compris très vite. Les mamans de bébés morts, il faut se les cogner avec leurs dépressions et leurs deuils pathologiques ; honnêtement, elles ne sont pas simples.

Les premières années, j'ai fait, je crois, l'objet d'un harcèlement de la part de certains membres de mon entourage : je devais « faire mon deuil ». Gustave s'est très vite réfugié dans le silence. J'avais songé que nous pouvions parler. Mais il craignait de dire l'événement, et moi je craignais de le taire. Au fond, n'avaient-ils pas tous raison, Gustave et les autres ? Existe-t-il seulement des mots pour parler de la mort d'un enfant ?

Tiago. Ce n'est pas que je ne veux rien dire de lui, mais on prend vite l'habitude de se taire dans certaines circonstances. Pour beaucoup, il n'est *que* celui qui est mort, *uniquement* celui qui est mort. Je ne dis pas ça pour dire du mal, je sais que les gens supportent difficilement les histoires d'enfants morts, ou alors ils s'en foutent du moment que ça ne les concerne pas. Mais entre les souvenirs dilués par le temps et les injonctions au deuil, il est vrai que souvent, cet enfant est tu.

Tiago est né dans la nuit. C'était un 14 janvier, à la maternité de l'hôpital Tenon, dans le 20e arrondissement. La salle de travail était au sous-sol ; j'ignore si c'est le cas dans toutes les maternités. Ce terme, « salle de travail », m'a toujours étonnée. Naître en salle de travail pour tenter finalement de reposer en paix, si ce n'est pas le signe que la vie peut être fatigante et dégueulasse. C'est vrai, quoi.

Tiago était issu d'une grossesse gémellaire de trente et une semaines et deux jours, d'une mère de dix-neuf ans « *primigeste et primipare*, comme cela apparaît dans le rapport des médecins, *né par césarienne après un échec de tocolyse*[1] *– suspicion d'infection materno-fœtale non confirmée (mère fiévreuse depuis trois jours) – après deux MAP*[2] *à vingt-trois et vingt-neuf semaines d'aménorrhée* ».

Je connais par cœur le carnet de santé de Tiago, devenu après sa mort mon livre de chevet, la trace de son bref passage parmi nous. Je me suis traînée longtemps cet échec de tocolyse. Mon premier échec avec mes fils aura donc été celui-là. Vingt-six ans plus tard, j'éprouve encore régulièrement une forme de culpabilité, et de la honte à ne pas avoir réussi à mener ma grossesse jusqu'à son terme.

Il m'est encore plus compliqué de me souvenir de Tiago depuis quatre ou cinq ans. Pourtant, mes amis, mes enseignants, et même mes toubibs se sont souvent

1. Traitement mis en place en cours de grossesse pour stopper des contractions de l'utérus et éviter un accouchement prématuré.

2. Menace d'accouchement prématuré.

étonnés de ma capacité à mémoriser avec précision les choses, même les plus futiles. Mais aujourd'hui, la « grande mémoire », c'est terminé. Surmenage, stress, mon corps est usé, mon esprit est usé.

Je me souviens vaguement de l'accouchement à l'hôpital Tenon, de mon arrivée aux urgences parce que je saignais, de l'interne, impuissant, qui a fini par décréter : « On la monte en GHR. » Service des grossesses à haut risque, il voulait dire. Aujourd'hui, il me semble que chaque grossesse est à haut risque. Sérieusement, ce n'est pas pour dire du mal, mais devenir mère est à haut risque. Un haut risque à durée indéterminée même.

J'ai été hospitalisée et suis restée alitée pendant deux mois, jusqu'à l'accouchement, quand j'arrivais à rester au lit. Ce n'est pas que je voulais transgresser les règles, mais j'avais besoin de bouger et je ne supportais pas de pisser dans le pistolet ; c'était humiliant à se flinguer. Il m'arrivait d'aller toute seule aux chiottes ou de faire les cent pas dans les couloirs. Depuis l'enfance, j'ai toujours adoré marcher. Et j'avais beau être coincée dans un couloir d'hôpital, j'ai gardé mes bonnes habitudes. Parfois, je me faisais pincer par une infirmière qui me renvoyait au lit sans transiger. « Vous ne savez pas ce que c'est d'avoir des bébés prématurés ! » Non, heureusement, à dix-neuf-ans, je ne savais pas ce que c'était d'avoir des bébés prématurés.

Là-bas, ils avaient cette expression bizarre pour parler de moi : j'étais « le bébé qui va avoir des bébés ». J'avais une chambre pour moi toute seule, c'était la première fois de ma vie que je ne devais pas la partager avec quelqu'un. L'hosto valait le coup au moins pour ça. Là-bas, j'étais chouchoutée. Pour l'Épiphanie, l'hôpital avait prévu de servir au dessert des galettes des rois individuelles. Je me souviens qu'une des aides-soignantes les a toutes ouvertes avant la distribution des repas afin de s'assurer que j'aie la fève. J'étais tout de même bien à l'hôpital.

Trois jours avant la naissance des enfants, une sage-femme venue m'examiner a dit devant moi à sa collègue : « Elle a fissuré la poche. » J'avais toujours entendu parler de rupture de la poche des eaux, je me demandais ce qu'elle avait voulu dire par « fissure ». Elle a appelé le médecin, le Pr Philippe, qui m'a expliqué qu'il ne fallait pas que je m'inquiète pour la fissure, que la nature était bien faite, que ce processus accélérait la maturité pulmonaire des bébés.

À ce moment-là, je ne savais pas ce qui m'inquiétait le plus, cette histoire de fissure ou cette impression que tout s'accélérait et que je n'avais aucune idée de ce qui allait se passer. En réalité, c'est surtout ce que je pouvais attendre de la vie qui se fissurait.

Je me souviens de la descente précipitée en salle de travail. Nous étions le 13 janvier, il était tard. J'avais de la fièvre et des contractions que je n'avais pas vues venir. J'ai commencé à pas mal dérouiller, j'avais envie d'envoyer valser le monitoring. Et Gustave qui n'était pas là pour me soutenir. J'avais essayé plusieurs fois de le joindre, mais il ne répondait pas au téléphone.

Un médecin est arrivé dans la salle de travail. Il m'a semblé immense quand il s'est approché du lit. C'est sûr qu'ajouté au rapport horizontal/ vertical, vu mon état et mon âge, j'étais devenue toute petite. J'ai rétréci encore un peu plus lorsque, face à mes cris, le type, très brun et à demi masqué, a demandé à l'infirmier : « J'peux savoir ce qui la met dans cet état ? » Cet état dont jamais il ne connaîtrait rien en dehors de ce que la faculté de médecine lui avait enseigné.

Et ils ont recommencé à parler de mon cas comme si je n'étais pas là. Ils ont dit « souffrance fœtale et césar' ». J'ai été anesthésiée. Juste avant de sombrer, j'ai serré la main de l'infirmier de toutes mes forces. Il était gigantesque, gigantesque et doux.

Une éclipse, un réveil pâteux et douloureux, des bips sonores, des machines, et une voix lointaine :

« Mademoiselle, vous voulez voir vos bébés avant qu'on les emmène ? Nous leur avons trouvé des places, l'un en néonatalogie au dernier étage, l'autre en réanimation à Saint-Vincent-de-Paul. Dites donc, ils sont maous costauds, vos fils ! »

Je n'ai pas apprécié l'expression « maous costauds », le singe, la pub Omo micro, la lessive, tout ça. Mais je les aimais déjà, mes fils, alors j'ai laissé passer.

19

Après l'accouchement, ils m'ont foutue tout au fond du service, dans une chambre avec vue sur la rue Belgrand, à mi-chemin entre la place Gambetta et les embouteillages de la porte de Bagnolet. Reléguée vraiment loin là-bas. On m'a dit que ce serait trop difficile pour moi de voir les autres mamans avec leurs bébés, d'être trop près de la pouponnière. Mais je les entendais, les bébés, même si je ne les voyais pas.

J'étais devenue la mère sans enfants du bout du couloir.

Je n'entrais pas dans la fiche de poste des infirmières. Je n'existais pas. Mes bébés non plus, d'ailleurs. Personne ne m'en parlait. Je n'ai vu ni sage-femme, ni auxiliaire de puériculture, ni pédiatre. Un médecin passait me voir un jour sur deux, le staff agissait comme s'ils ignoraient (tout de) ma personne. Ils regardaient à peine mes nom et prénom qui s'affichaient pourtant au tableau du poste de soins. Je n'étais pas vraiment une patiente du service.

Trois fois par jour, les aides-soignantes me déposaient de quoi me « sustenter », comme aurait dit Grand-Maman : des portions informes de nourriture kaki ou maronnasse, le plus souvent gélatineuse et flottant dans la sauce, servie dans des barquettes en plastique made in Tchernobyl.

Je suis restée un mois dans ce temple du naître, sans un seul bébé pour justifier mon statut de mère. Un mois pour me remettre de ma césarienne et des complications qui me forçaient à rester clouée au lit et à gober des gélules, tuyautée, tenue en laisse par une perfusion sur pied et une autre électrique qui poussait des cris stridents plusieurs fois par jour lorsqu'elle était vide.

Mes quelques amis étaient au lycée, à la fac ou au travail. Et moi, j'étais bloquée là, fiévreuse, avec une interdiction de sortie, juste deux petites heures une fois, en fin d'hospitalisation, pour aller voir en ambulance mes bébés d'un mois à Robert-Debré où ils avaient enfin été réunis, dont un que je n'avais jamais touché ni même jamais vu puisqu'il avait été transféré en réa avant mon réveil de l'anesthésie.

J'avais échoué en tout, et je ne faisais que ressasser la grossesse que je n'avais pas su mener à son terme, mon accouchement raté puisqu'une souffrance fœtale soudaine s'était déclarée, précipitant la césarienne. En dehors des heures de visites, je dépérissais dans mon cagibi à la peinture jaunâtre, teinté de moisissures sur les joints du carrelage des sanitaires. Je restais affalée sur mon lit médicalisé, somnolente, devant la télé fixée haut sur le mur qui diffusait des émissions minables.

Un matin, après qu'on est venus débarrasser le plateau du petit déjeuner, deux femmes en blouse blanche, une infirmière et une interne, m'ont stoppée net sur le chemin de la douche. Elles hésitaient, regardaient à côté. Puis l'une d'elles s'est lancée, l'interne, je crois. Tiago avait fait un arrêt cardiaque. Il avait été transféré en urgence dans un autre hôpital. Ils préviendraient le père dans la matinée, sur son lieu de travail. Pas un mot de plus. Un petit tour, et puis s'en va.

J'ai tout cassé dans la chambre. Je voulais des réponses et je n'avais rien ; je voulais du réconfort et ça ne venait pas. Le personnel ne savait manifestement y faire qu'avec les mamans avec bébés. J'ai balancé la table de chevet, la table avec le plateau du déjeuner ; la carafe d'eau a valsé et inondé la pièce. Ma chambre massacrée, je suis allée prendre mon dossier dans le casier métallique du poste de soins. Devant une infirmière médusée, j'ai saisi la pochette bleu ciel et je l'ai jetée en l'air dans le couloir. Toutes les feuilles qui disaient mes douleurs ont voltigé avant de mourir sur le sol de l'hôpital dont je venais de faire un théâtre de guerre. Chez moi, ça donnait ça l'isolement.

Alors ils se sont tous rués dans ma chambre. Cette fois-ci, ils étaient quatre à ma « disposition », à vouloir m'injecter de l'Atarax. J'ai hurlé, tellement hurlé. Je me suis débattue, j'ai couru autour du lit afin que personne ne m'attrape, surtout pas l'infirmière, l'aide-soignante et deux sous-fifres.

Je pleurais. Je portais un des pyjamas que Jeanne m'avait offerts pour la maternité, en coton blanc avec des nounours dessinés dessus, resserré aux manches et aux jambes. J'avais dix-neuf ans, l'âge où l'on craint encore les piqûres et les calmants qui servent à endormir ou bâillonner les grands.

Ils ont appelé un médecin, un interne est venu, celui qui avait prescrit le calmant. J'ai hurlé. Ils ont alors bipé le chef de garde. Quelques minutes plus tard, un grand type châtain que j'avais déjà aperçu une fois a débarqué sabots aux pieds, masque chirurgical sous le menton et blouse en papier sur lui. Il a crié : « Sortez de là tout de suite ! Foutez-lui la paix, sortez ! » Bien fait pour eux ! Avaient-ils vraiment besoin d'un chef de service pour savoir que c'était insupportable tout ça ? Que toute cette peine et toute cette violence n'étaient pas de mon âge ?

Le professeur m'a demandé s'il pouvait s'asseoir sur le bord de mon lit où je m'étais recouchée, sans mes perfusions car je m'étais désentravée. Il m'a dit d'une voix douce qu'il fallait que je tienne le coup, que lorsque mes enfants iraient mieux, j'aurais des bonheurs à la hauteur de mes souffrances. J'ai sangloté, j'ai dit que c'était facile pour lui de dire tout ça, qu'il passait ses journées à voir des horreurs, qu'il s'y était habitué, qu'il serait moins calme si c'était son enfant. Il m'a répondu qu'on ne s'habituait jamais à l'horreur et à la souffrance des autres, que son fils avait failli mourir à sept jours d'une virose et que ce jour-là, il n'avait agi ni en médecin ni avec force, et que son fils était désormais un grand garçon plein de vitalité.

J'ai demandé si c'était vrai. C'était vrai. J'ai essuyé mes larmes. Le professeur a doucement posé son index sur mon arête nasale, l'a fait lentement glisser jusqu'au bout de mon nez en pied de marmite. Il m'a demandé s'il pouvait appeler l'équipe pour qu'on me pose de nouvelles perfusions, j'ai accepté. Il devait partir, on l'attendait au bloc. Avant de quitter ma chambre, il m'a indiqué ses jours de consultations et ses dates de gardes. Je pouvais le faire biper quand je voulais.

Il y avait des bulles d'air dans le tuyau de la grande perfusion. Je m'en suis étonnée auprès d'une infirmière qui m'a expliqué qu'on pouvait avoir une embolie pulmonaire si trop de bulles se formaient dans le tube et remontaient dans notre corps. C'est ce que j'ai compris, en tout cas, et ça me terrifiait. Si bien que lorsque Jeanne et ma grand-mère sont arrivées pour leur visite quotidienne, je me suis mise à sangloter de nouveau. Cette fois, j'avais peur de mourir à cause de la perfusion. Jeanne a fait circuler les bulles par une pression des doigts. Plus tard, quand l'infirmière est passée dans la chambre, elle lui a sèchement dit : « J'ai purgé la tubulure, ce n'était pas de trop ! »

Je pleurais beaucoup trop. J'ai fini par me mettre à hurler que je voulais voir mes enfants. Grand-Maman ne savait dire que : « Nut, nut, nut, mon petit » en me tenant la main. Et je criais : « Mon fils va crever, mon fils va crever ! » Jeanne s'est approchée de moi, et pour la première fois depuis le début de ma grossesse, elle a haussé la voix en me regardant.

« Écoute-moi bien, ma petite-fille, tu vas te calmer et arrêter de dire des conneries ! Ton fils est malade, je veux bien comprendre que cela fasse beaucoup pour toi, mais cet enfant, il est vivant. Je passerai le voir à Trousseau tout à l'heure, je t'appellerai ensuite. Là, tu vas te calmer et arrêter de dire des conneries, parce que ton gamin, il est en vie. Je sais ce que c'est que de perdre un enfant. Ma gamine à moi, je ne la reverrai jamais, elle est six pieds sous terre à côté de ton grand-père ! »

J'ai ravalé mes larmes et demandé à Jeanne d'aller biper le médecin du matin. Je n'avais rien à lui dire de spécial, au toubib, j'avais juste besoin qu'on m'apaise une seconde fois. Il est venu. Et de nouveau, il a sorti tout le monde du cagibi. Il m'a dit que j'avais eu raison de le faire rappeler, qu'il était là pour ça, et que pour la santé des bébés, on verrait ça au jour le jour. Il m'a proposé de prendre l'anxiolytique qu'on avait voulu m'injecter le matin. « Juste aujourd'hui, et pas en piqûre », a-t-il précisé. J'ai accepté. Une infirmière m'a apporté un comprimé. Ma mère et ma grand-mère sont venues m'embrasser avant de s'en aller. Et je me suis endormie en répétant mentalement les mots de Jeanne : « Je sais ce que c'est que de perdre un enfant. Ma gamine à moi, je ne la reverrai jamais. »

Bien sûr, elle parlait de Nina. Après tant d'années de silence, elle avait enfin évoqué Nina. Il avait fallu que le cœur de Tiago s'arrête de battre pour que celui de Jeanne s'ouvre enfin.

20

De Tiago, je me souviens de sa première paire de chaussures. Nous étions allés avec Jeanne et les garçons dans un magasin qui proposait les marques Mode8 et Pomme d'Api, rue des Pyrénées. C'était la toute fin de l'été, il faisait encore chaud. Les garçons étaient pieds nus, leurs chaussettes dans le filet accroché à la poussette. Lorsqu'on les regardait de haut dans leur attelage, les quatre petits pieds ressemblaient à quatre petits pains au lait pas trop cuits (c'est comme cela que je les préfère).

Je voulais que les garçons aient de bons souliers, pas des gadgets imitant les sneakers d'adultes ou des godasses en simili ; c'est important d'être bien chaussé pour apprendre à marcher. J'étais presque heureuse, en tout cas contente et fière, ou quelque chose comme ça. Avec l'hôpital, le suivi médical à domicile et le traitement que je continuais à administrer seule aux enfants, il y avait peu de moments privilégiés comme ceux-là, des instants heureux et légers je veux dire.

Nous avons traversé la rue de Ménilmontant, remonté une portion de trottoir et tourné à droite dans la rue du Retrait. Devant l'entrée du théâtre où, enfants, Gabrielle et moi participions aux spectacles de danse de fin d'année, une femme assez jolie d'une trentaine d'années, brune, m'a arrêtée. Je n'étais pas surprise, j'avais l'habitude, comme toutes les mamans après une grossesse multiple, d'être arrêtée à tous les coins de rue par les passants et d'entendre toujours les mêmes choses : « Ils sont trop mignons » ; « Il y avait déjà des jumeaux dans votre famille ? » ; « C'est pas trop de travail, tout ça ? ».

Finalement, la brune assez jolie s'en moquait un peu des jumeaux. Elle voulait savoir si j'étais intéressée pour faire d'autres baby-sitting. C'était la première fois qu'on me prenait pour la nounou de mes fils ! C'est sûr qu'une jeune fille noire accompagnée de deux petits Blancs aux yeux bleu-vert, c'était forcément la nounou congolaise.

En arrivant dans le magasin de chaussures, je n'ai pas hésité longtemps : le choix des modèles, à peine moins réduit que mon budget, limitait les possibilités. Pour Sam, nous avons choisi de tout petits souliers bicolores bleu marine et vert sapin, à lacets et à bouts très ronds qui lui donnaient une drôle d'allure de lutin. Je n'ai pas choisi les mêmes chaussures pour Tiago ; je détestais chausser et vêtir mes fils à l'identique. Même les bébés qui voient le jour en grappe ont droit à leur singularité. Pour Tiago, j'ai donc opté pour des chaussures bleu marine avec un liseré blanc surpiquant chacune des coutures. Elles étaient plus massives que celles de son frère, avec un petit côté Caterpillar ou Timberland, comme pour un mec prêt à partir sur un chantier.

J'ai dit à la vendeuse que je ne voulais pas les boîtes et j'ai chaussé les garçons avant de quitter la boutique. Nous avons d'abord raccompagné ma mère chez elle. Durant tout le trajet, Tiago se penchait pour regarder ses pieds, et lorsqu'il était fatigué de s'incliner, il levait les pieds pour continuer de regarder ses pompes. Je trouvais ça aussi drôle que touchant ; Jeanne riait aussi de bon cœur. Sam s'est endormi en chemin. Nous avons laissé Jeanne porte de Montreuil, puis nous sommes repartis vers la rue de la Mare. Sur le trajet, Sam s'est réveillé, il n'avait plus qu'une godasse aux pieds. Nous avons fait le chemin en sens inverse pour essayer de retrouver la chaussure, en vain. Malgré tout, j'ai aimé cette journée somme toute banale et pourtant inhabituelle pour moi par son caractère paisible et plaisant.

De Tiago, je me souviens d'une nuit de décembre où il peinait à se rendormir après avoir eu son biberon. Nous nous sommes installés tous les deux devant la fenêtre, lui dans mes bras, petit Bouddha bouclé dans son épais pyjama éponge jaune poussin. Il neigeait pour la première fois de l'année. Il me semblait tellement balaise à cette époque ; sûr qu'il aurait fini par déborder de la couveuse dans laquelle il avait été contraint de vivre durant trois mois ou presque. D'une voix douce, je lui ai parlé de l'hiver et de la neige qu'il voyait pour la première fois. Je lui ai expliqué les flocons, il a vu le trottoir se couvrir de blanc. Et alors qu'il commençait à se rendormir, j'ai continué à lui parler de l'hiver qu'il voyait pour la dernière fois de sa vie.

De lui, je me souviens des hospitalisations et des allers et retours à Trousseau, Saint-Vincent-de-Paul et Robert-Debré, de la pénibilité de la prématurité et de ses suites.

De lui, je me souviens de ce matin de mai, lorsqu'à son réveil j'ai constaté une minuscule bosse sur son front, entre les arcades sourcilières.

Le pédiatre, un vieux de la vieille, a diagnostiqué une excroissance osseuse tout à fait bénigne, mais la petite bosse a continué de grossir. Les équipes de Robert-Debré ont fini par diagnostiquer un kyste épidermoïde. À Saint-Vincent-de-Paul, on m'a proposé une intervention chirurgicale pour le caractère esthétique. J'ai refusé. La tumeur était bénigne, et surtout, je ne tenais pas à imposer à mon fils une hospitalisation supplémentaire pour de simples considérations d'apparence. Et puis, je le trouvais déjà très « esthétique », mon enfant !

Mais la tumeur a continué de grossir. Le médecin qui suivait Tiago craignait que le kyste, du fait de son emplacement, puisse être dommageable pour sa vision. Et cette petite protubérance commençait à attiser les mauvaises langues. On me demandait régulièrement si Tiago était tombé. Nous avions droit régulièrement à des : « Oh, là, là, quelle bosse ! » ; « Oh, là, là, le pauvre… ». Un jour, une inconnue dans la rue s'est même autorisée à me balancer que je pourrais faire attention à mon fils, qu'il avait dû sacrément tomber pour se faire un pareil gnon.

Un membre de ma famille s'est mis à surnommer Tiago « Elephant Man ». Ce n'était pas vraiment étonnant, nous avions grandi, avec mes frère et sœurs, dans une famille singulière, où l'on disait régulièrement aux filles sur le ton de la plaisanterie : « Qu'est-ce que tu serais belle si tu n'étais pas si moche ! » Et si nous donnions notre avis à un moment guère approprié, on nous lançait : « Toi, tu pourras sortir de sous le lit quand on appellera le pot de chambre. En attendant, on ne t'a pas demandé ton avis. » Dans cette famille blanche de classe populaire, nous étions, avec l'une de mes sœurs, surnommées « les Négresses ». Aussi avais-je été particulièrement déroutée le jour où Yao, une coiffeuse afro du Kremlin-Bicêtre, avait attrapé ma tête en pestant : « Je ne peux rien faire avec ces cheveux de Blanche ! »

Je n'ai pas envie de m'arrêter sur mon métissage, mais cela m'est toujours apparu très curieux d'apprendre par les autres qui j'étais. Noire, blanche, jamais tout à fait entière ni celle qu'il faudrait, si je saisis bien. Reste que chez nous, allez savoir pourquoi, ils aimaient bien les surnoms, surtout lorsqu'ils étaient humiliants.

Pour Tiago, il y a eu de nombreux rendez-vous à Saint-Vincent-de-Paul. Cela m'était d'autant plus pénible que j'étais systématiquement toute seule pour les assurer, et que l'année avait été chargée en anxiété. Les contraintes domestiques n'étaient déjà pas l'affaire de Gustave, et les obligations relatives à la santé de ses fils l'étaient encore moins. Trop contraignant. Il avait fallu attendre la fin de l'été pour que les médecins me disent enfin que Tiago, tout comme Sam, avaient désormais une croissance et une santé plus adaptées, que nous pouvions envisager un suivi pédiatrique en ville et prendre nos distances avec l'hôpital pour les soins relatifs à la prématurité.

Entre temps, le kyste grossissant, il avait été décidé que les médecins procèdent à son ablation. Et alors que je me croyais libérée de ces va-et-vient incessants à l'hôpital, les consultations, plutôt que de s'espacer, se sont multipliées. L'intervention s'annonçait délicate ; le kyste avait grossi et il était mal placé. Les médecins devaient décalotter le crâne de Tiago après l'avoir rasé, notamment pour éviter une balafre sur le visage. Pendant plusieurs semaines, les équipes se sont interrogées sur le spécialiste le plus habilité à procéder à l'opération. Il aura fallu l'avis d'un ophtalmologue, d'un neurochirurgien, d'un spécialiste en microchirurgie et d'un chirurgien esthétique, en plus de l'anesthésiste, pour trancher.

Je me souviens surtout de ma fatigue, des trajets entre la maison dans le 20e, et l'hôpital Saint-Vincent-de-Paul dans le 14e, que je faisais toujours à pied, seule avec Tiago. Parfois, son frère le rejoignait dans la poussette. Ces moments dans Paris avec mes enfants demeuraient pour moi des balades, des instants de plaisir qu'il m'aurait été difficile à trouver tant j'étais accaparée par mon travail et la gestion de tout à la maison. Lorsque Jeanne faisait le récit de mes traversées parisiennes à Grand-Maman, celle-ci s'exclamait : « C'est bien la digne héritière du père Muet ! », évoquant Grand-Papa qui, paraît-il, avait été un grand marcheur.

L'intervention chirurgicale a été planifiée le premier lundi de janvier. Tiago a passé cinq jours et cinq nuits à l'hôpital, du dimanche soir au vendredi suivant. C'est moi qui l'ai accompagné et sa grand-mère paternelle qui est allée le chercher, tandis que je suis restée à la maison pour m'occuper de Sam après ma journée de travail. Ce soir-là, comme de nombreux autres, Gustave était auprès de ses potes, autour de quelques drogues. Son immaturité persistait à mesure que son égoïsme croissait. La journée, je travaillais comme femme de ménage et bonne d'enfants dans l'hôtel particulier parisien d'un chef d'entreprise français. Il fallait vraiment avoir vingt ans pour tenir.

Ma mère, ma belle-mère et moi nous sommes relayées au chevet de Tiago à Saint-Vincent-de-Paul. En dépit de tous mes griefs, j'ai une réelle gratitude pour ce qu'elles ont fait cette semaine-là. J'étais exténuée et inquiète, elles tenaient bon. Je ressens encore la même reconnaissance envers l'équipe de néonatalogie de l'hôpital Robert-Debré, qui a suivi mes fils après leur naissance et m'a accompagnée dans ce labyrinthe de soins. Je me souviens encore de certains prénoms et visages, notamment de Pascale, l'infirmière, et Odile, la cheffe de clinique. Il y a quelques années, j'ai vu sur le site de Doctolib qu'elle consultait en privé boulevard des Batignolles. J'ai eu envie de lui parler, mais je n'ai pas osé la contacter. Elle a dû voir des milliers de milliards de millions de bébés et de parents depuis la naissance des jumeaux, elle les aurait sûrement oubliés. Ce serait normal, et de toute façon, beaucoup de gens ont oublié Tiago.

21

De la soirée du dimanche 8 janvier et de la journée du lundi 9 janvier, je me souviens de tout. Et chaque jour, depuis, je pense au Dr « Machin ».

J'avais appelé l'hôpital où Tiago venait d'être opéré. Je le trouvais abattu, étonnamment en retrait de la vie, et même de Sam, son frère jumeau. Il manquait de vitalité, de vivacité. L'hôpital m'a renvoyée vers SOS Médecins pour un premier diagnostic avant d'envisager une consultation aux urgences, cela afin d'éviter au bébé récemment éprouvé par une intervention chirurgicale un énième transfert à l'hôpital. SOS Médecins m'a répondu qu'en la circonstance, et eu égard à l'âge de l'enfant, il était préférable de contacter SOS Pédiatrie (dont j'ignorais jusque-là l'existence). Et c'est là que SOS Pédiatrie m'a adressé le Dr Machin.

Le Dr Machin s'est montré pressé et expéditif. Il avait entre cinquante et soixante ans, il était mince, presque aussi sec que sa façon de parler. Dans mon souvenir, il portait un trench-coat ou une gabardine dont il n'avait même pas pris le temps de se débarrasser. Dans le couloir, avant même d'apercevoir le bébé, il m'a interrogée sur mes inquiétudes et m'a demandé si j'avais pris la température du petit. J'ai répondu que oui, et qu'elle ne dépassait pas 37 °C. Il m'a demandé, furieux : « Il n'a pas de fièvre ? Vous m'avez fait venir pour rien ! » Et il est reparti sans même se rendre dans la chambre de Tiago pour l'examiner. Mon enfant avait moins d'un an, moins encore en âge corrigé, il avait subi une opération sous anesthésie générale, mais il n'était pas digne d'attention.

J'étais toute jeune maman, toute jeune tout court, je n'ai pas insisté, j'ai réglé la consultation (en espèces) – ça, il n'avait pas manqué de me le demander –, et je l'ai raccompagné à la porte. Mon bébé n'avait rien, je m'inquiétais pour rien, je l'avais fait venir pour rien, forcément, il avait raison, alors j'ai couché mon enfant.

Mon fils est mort dans son sommeil.

Je lui demande encore souvent pardon.

De ce moment, de cette broyeuse qu'a été la mort de mon fils, ce qui me revient fréquemment et surtout de façon récurrente, c'est l'appel aux secours lorsque nous avons découvert Tiago inconscient. Où que je me trouve dans la ville, ou dans la vie, dès qu'une ambulance du Samu ou un camion de pompiers passe, gyrophare activé et sirène assourdissante, je reviens à ce jour-là. Je me revois dans le couloir qui séparait la chambre des enfants de la nôtre et je peux instantanément sentir le parquet devenu mou, les murs s'étirer en hauteur et le plafond qui s'échappe. Je me souviens de ça, du sol ramolli et du plafond qui fuyait. Cela voulait peut-être dire que plus rien ne tenait, cela voulait peut-être dire que rien n'allait pouvoir contenir ce qui adviendrait.

Sam s'était réveillé le premier ce matin-là. Je l'ai entendu chantonner, je suis allée très doucement et dans le plus grand silence dans la chambre pour le chercher, en faisant bien attention à ne pas réveiller son frère. Je suis allée préparer son biberon. Puis j'ai voulu le changer, et comme j'avais oublié de prendre une couche propre, j'ai demandé à Gustave s'il pouvait aller en chercher une dans la chambre des petits. J'étais dans la cuisine quand je l'ai entendu crier. Il hurlait : « Mais qu'est-ce que c'est que ça ?!? Qu'est-ce qui se passe ? » Je n'ai pas réagi tout de suite. Gustave criait tout le temps, souvent pour rien, toujours pour rien je veux dire. Mais là, c'était tout de même surprenant. Nous étions en congé, la journée commençait à peine, Sam était avec moi et Tiago dormait, Guss n'avait aucune raison d'être énervé. Avec Sam dans les bras, je me suis dirigée vers la chambre des garçons pour dire à Gustave qu'il baisse d'un ton. Nous nous sommes croisés au milieu du couloir avec chacun un bébé dans les bras. Sam dans les miens, tonique et éveillé, Tiago dans les siens, inconscient, le corps désarticulé et le visage livide. Encore, Gustave a demandé : « Mais qu'est-ce que c'est que ça ? », et j'ai hurlé comme une bête, sans que Tiago s'émeuve de mon cri.

Jamais je n'avais eu à faire face à quelque chose d'aussi urgent et d'aussi grave. J'ignorais qui solliciter, j'ai couru jusqu'au téléphone posé sur la console du couloir et j'ai appelé les pompiers. J'ai essayé, réellement, d'être posée et précise dans les indications que je pouvais donner à la personne en ligne.

On m'a dit de pincer le bébé.

« Il bouge ?

— Non.

— Il respire ?

— …

— Madame, il respire ?

— Il ne respire pas.

— Madame ?

— Il ne respire pas, je vous dis. »

Je crois que je ne m'étais jamais approchée si près de l'un de mes fils. J'ai répété :

« Il ne respire pas, je vous dis. »

Et ce sol qui n'en finissait pas de fondre, puis de se liquéfier, et les murs blancs qui s'inclinaient.

« Je vous passe un médecin. »

Je hurlais, je beuglais, je me déchirais. Je ne sais tellement pas définir ce que je ressentais à ce moment précis qu'il m'est impossible de l'écrire. Le médecin a levé le ton, il m'a littéralement gueulé dessus. Il n'avait pas le choix. Je n'entendais rien, je tenais des propos incohérents, non décodables.

« Vous allez lui faire du bouche-à-bouche, les collègues sont déjà partis, ils arrivent chez vous. »

Les pompiers étaient si nombreux ; ils ont rempli toute la maison. Leurs bottes étaient lourdes, leur matériel était lourd, l'air était lourd. Je portais Sam serré contre moi, et toute la lourdeur de la maison. Tiago a été enlevé de sur notre lit et déposé sur le sol. Un pompier a découpé sa petite veste de pyjama à carreaux rouges et blancs ; pour le pantalon, je ne me souviens pas. Et, comme le père, je me suis mise à répéter : « Mais qu'est-ce qui se passe ? Oh, non, mais qu'est-ce qui se passe ? »

Ils nous ont virés de la chambre. Gentiment, je veux dire, mais fermement. Je me suis réfugiée dans la salle de bains avec Sam. J'ignore pourquoi. Gustave m'y a rejointe. Un pompier est venu nous garder. Cela ressemblait à ça, en tout cas. Il disait à Gustave : « Il faut tenir bon, monsieur » ; à moi : « Vous m'entendez, madame ? » Il disait aussi que pour Tiago, on ne savait pas encore. Ils ont appelé le Samu. L'un de ses collègues m'a demandé s'il pouvait utiliser le téléphone. Je l'ai entendu dire : « On ne peut pas, on ne peut pas. »

Je ne sais pas pourquoi ils sont restés là lorsque le médecin du Samu est arrivé et a tenté de réanimer Tiago. C'était une femme brune aux cheveux épais et courts, avec la raie sur le côté. Des autres personnes qui l'accompagnaient, je ne me souviens de rien, juste des silhouettes, des ombres. Elle a essayé plein de gestes médicaux, j'ai trouvé que cela durait trop longtemps. Puis elle a annoncé que ça ne servait plus à rien de continuer. J'ai dit qu'ils n'avaient pas suffisamment essayé, j'ai trouvé que cela n'avait pas assez duré finalement. La femme a répondu que s'ils étaient parvenus à le réanimer, cela n'aurait pas forcément été une bonne chose pour Tiago, qu'il y aurait eu beaucoup trop de séquelles. Elle m'a demandé si j'acceptais qu'on emmène le bébé à l'hôpital, parce que si elle le déclarait décédé à notre domicile, la police allait nous embêter. « Embêter », elle a dit. Je n'arrivais pas à me sentir concernée, je lui ai demandé de choisir.

Ils se sont mis à emballer mon bébé. Je ne veux pas avoir l'air d'écrire quelque chose d'atroce, mais ils l'ont empaqueté, c'est tout. Ils allaient maintenant nous conduire, Tiago et moi, à l'hôpital. Tous les pompiers avaient rassemblé leurs affaires, prêts à partir, excepté l'un d'eux qui restait là, comme ralenti. Il a fini par quitter l'appartement. J'ai eu du mal à supporter cela, je crois. Je l'ai poursuivi dans l'escalier de l'immeuble, pieds nus, en chemise de nuit. Il avait un demi-étage d'avance sur moi. Je l'ai interpellé, il s'est retourné et a relevé la tête. Je lui ai demandé, quasiment aphone :

« Vous pouvez essayer une dernière fois ? » J'ai le souvenir qu'il m'a fixée sans me répondre.

J'ai à nouveau posé la question, je voulais vraiment qu'il tente une dernière fois de réanimer mon fils, de le sauver. Mais l'homme n'a rien dit. Il a fait non de la tête, l'a baissée, l'a relevée, m'a à nouveau regardée, s'est tourné, et il est parti, captif de nos douleurs respectives.

Je pense encore souvent à lui. *Poor lonesome* pompier.

22

Quand je pense à Tiago, me reviennent souvent ces vers de Victor Hugo pour sa défunte fille : « Je conviens que vous seul savez ce que vous faites, et que l'homme n'est rien qu'un jonc qui tremble au vent. [...] Il faut que l'herbe pousse et que les enfants meurent. »

Le départ de Tiago s'est fait dans un silence inédit. Quand ils ont emporté son corps, le bruit s'est évanoui : l'agitation des secours, les bottes lourdes des professionnels du sauvetage. Je n'entendais plus rien, ni la musique de l'ignorance et de la sérénité de la veille, ni le bruit de l'enfant qui vit. Même nos pleurs et la douleur s'étaient faits mutiques.

Sam a vécu le fracas dans mes bras, contre moi. J'ignore s'il a émis quelque bruit, si je n'en ai rien entendu, ou si j'ai tout oublié de ce qu'il a pu manifester durant cette affreuse traversée. Que ressent un jumeau quand le second s'éteint ?

Nous sommes arrivés à l'hôpital Robert-Debré, et j'ai eu à nouveau l'impression qu'il y avait vraiment beaucoup de monde autour de moi. On m'a dit que j'avais pris les bonnes décisions, que j'avais fait vite pour appeler les secours car mon bébé était encore chaud en arrivant à l'hôpital. Il faut faire attention aux mots que l'on dit à une maman dans cette situation-là, surtout à une maman de vingt ans qui ne sait pas que la vie, c'est d'être encore chaud, et que la mort, c'est de devenir froid. C'est une jeune femme médecin qui m'a dit cela, en essayant de toutes ses forces d'être douce, cela se voyait. « Vous avez bien fait, vous avez fait vite, vous n'avez pas à vous en vouloir, il était encore chaud en arrivant. » Elle avait posé sa main droite sur l'un de mes bras.

Après l'arrivée du corps de Tiago à l'hôpital, ils ont voulu voir l'autre bébé. Ils ont voulu voir Sam, je veux dire, pour le mettre en observation. Notre fils n'a même pas dormi chez nous les deux nuits qui ont suivi la mort de Tiago. Durant ces mêmes quarante-huit heures, ils nous ont demandé nos signatures afin d'autoriser l'autopsie. Gustave s'y est opposé alors que moi je le voulais. Il pleurait et souhaitait que l'on foute la paix à son fils. Je pleurais aussi, je voulais la paix aussi.

Entre la nuit où Tiago est mort et ses funérailles, je n'ai voulu voir personne. Ni Jeanne ni Grand-Maman, ni mes sœurs, pas même Gaby dont j'étais devenue inséparable, au point qu'une amie d'enfance nous surnommait « Les Twins ». Sur cela, Gustave et moi étions en accord. Nous répondions à peine au téléphone. Grand-Maman, qui était venue à Paris en urgence, n'a pas insisté. Elle ne m'a même pas écrit, respectant notre besoin de solitude et de recueillement. Je sais seulement qu'elle a confié à Jeanne qu'elle aurait souhaité mourir à la place de Tiago, qu'elle avait honte d'être encore en vie, et que cela resterait notre drame ; pour toujours elle dirait « notre drame » en parlant de Tiago. Elle ne prononcerait jamais plus son prénom.

Jeanne s'est montrée plus insistante cette semaine-là. Elle demandait pourquoi nous ne voulions pas lui parler. C'est juste que nous ne le pouvions pas. Comme Grand-Maman, qui avait eu honte de nos naissances, nous avions désormais honte de la mort.

À l'hôpital, les médecins nous ont détaillé la procédure pour l'autopsie. Tout était trop cru alors même que je voyais qu'ils prenaient des pincettes avec nous. Ils disaient prélèvements, lamelles, cellules… Il est important que l'on puisse faire des recherches, pour vous, pour l'avenir aussi. Comme si, quand ton enfant est mort, le futur pouvait t'être utile à quelque chose. Ils ont vraiment dit ça : « pour l'avenir ». Comme si la mort allait nous servir à l'avenir.

J'ai eu le droit de regarder le dossier de Tiago avant de signer pour l'autopsie. J'y tenais, je tenais à lire que ma raison ne m'avait pas échappé, que l'impensable était parvenu.

Histoire récente :

« Le 2 janvier 1995, Tiago est opéré d'un kyste épidermoïde dans le service du Pr Pavé à Saint-Vincent-de-Paul. Il n'y aura pas de problème au cours de cette brève hospitalisation.

Tiago sort le 5 janvier avec une cicatrice propre et un TTT par pyostacine et de la bétadine en pansement local.

La maman signale l'apparition dans la journée du dimanche d'une tuméfaction en regard de la cicatrice qui augmente progressivement de taille, avec une impression liquidienne sans fièvre et sans signe inflammatoire local.

Inquiète, la maman appelle SOS Médecins, puis SOS Pédiatrie qui viendra dans la soirée et ne constatera apparemment rien d'anormal.

La maman signale que l'enfant n'aurait pas été examiné.

Il prend son biberon normalement (300 ml), puis s'endort.

Le lundi matin, à 9 heures, son jumeau s'agitant, les parents entrent dans la chambre ; le papa trouve Tiago décédé.

Le père tente de le secouer, sans résultat.

L'enfant est alors couché en décubitus latéral.

Les pompiers sont sur place à Paris 20e à 9 h 30.

L'enfant est massé, on ne retrouve pas de lait dans la trachée.

À l'arrivée du Samu à 9 h 40, l'enfant est en arrêt cardio-respiratoire, en mydriase, avec des pupilles encore intermédiaires.

On trouve une hépatomégalie de 5 cm.

Pas de rate palpée, pas d'adénopathie, les téguments sont normaux, il n'y a pas d'éruption, la température est de 34 °C.

Les manœuvres de réanimation seront néanmoins poursuivies pendant trente minutes avec de l'adrénaline en intubation trachéale, puis par voie sous-clavière droite avec de l'Isurpel et des bicarbonates.

À 10 h 10, les manœuvres de réanimation sont interrompues.

L'enfant est transporté décédé, déclaré mort aux urgences à Paris 19e.

À l'arrivée aux urgences, la température de l'enfant est de 32 °C.

Le poids est de 8 540 g, le périmètre crânien de 46 cm.

Il n'est constaté aucune masse, aucune anomalie des téguments en dehors des quelques hématomes liés aux points de ponction.

On retrouve un foie augmenté de 5 cm sous le rebord costal.

Vérifications faites par le médecin légiste et l'interne en médecine légale.

L'autopsie a été demandée et réalisée après accord des parents. »

23

Le jour où Tiago est parti, je n'ai pas réussi à joindre Jeanne au téléphone. Comme toujours, elle n'avait pas payé ses dernières factures et sa ligne était coupée. Mon frère était passé chez nous dans la matinée, juste après le départ des secours. J'ignore avec quels mots je lui ai annoncé la mort de Tiago, mais je me souviens de l'avoir chargé d'avertir notre mère. L'après-midi est passé, puis la fin de journée. Je ne suis pas sortie de la maison, à l'exception d'un court passage à l'hôpital Robert-Debré. Et Jeanne qui n'appelait pas, et Jeanne qui ne passait pas.

Alors, comme téléguidée, je me suis rendue à pied porte de Montreuil, jusqu'à l'escalier 12. Je n'ai pas voulu monter, j'avais peur, peur de voir Gabrielle et Georgia, et je ne m'imaginais pas parler de la mort devant Malo, notre petit frère de trois ans. J'ai sonné à l'interphone, Gabrielle a répondu.

« Gaby, c'est moi. Elle est là, maman ? »

Elle a ouvert la porte d'accès de l'immeuble. Je n'ai pas bougé. Bordel, j'étais incapable de monter. J'ai sonné à nouveau.

« Gaby, passe-moi maman, s'il te plaît.

— Hein ?

— Passe-la-moi, je te dis !

— Allô ?

— Maman, tu peux descendre ?

— Hein ? »

Comme je le craignais, mon frère n'avait rien dit. D'ailleurs, elle se demandait où il était. C'est ce qu'elle m'a confié quand elle m'a retrouvée au pied de l'escalier 12.

« Quelque chose ne va pas ?

— Tiago est mort.

— Quoi ?

— Il est mort, Tiago.

— Il est quoi ? »

J'ai raconté la nuit et les heures passées. Son visage s'est tordu.

« Mais qu'est-ce que tu dis ? »

J'étais sidérée, j'ignorais encore à quel point j'allais mourir de cela ma vie entière. Je me détestais de brutaliser ainsi ma mère en bas de cet escalier 12 où nous avions manqué de tout, c'est vrai, sauf de vie et d'espoir. Mais là, la vie, l'espoir, c'était terminé. Annoncer la mort de Tiago deviendrait bientôt un supplice et devoir le répéter aux autres, à tous les autres, ne serait plus seulement la mort mais un million de fois la mort.

Jeanne m'a prise dans ses bras, m'a chuchoté des choses que je n'ai pas entendues mais que je n'ai pas eu la force de lui faire répéter. Des mots de réconfort, sans doute. Elle m'a demandé plus distinctement où étaient Sam et Gustave ; je lui ai dit que Sam était en observation à Robert-Debré, que le père s'était mis au lit il y a quelques heures et ne voulait plus voir personne. Et là, j'ai compris, à sa façon de me regarder, que j'étais à présent une femme détruite. Je n'ai rien dit d'autre, et je suis partie.

J'ai marché des heures, des kilomètres d'heures toute la soirée, j'ai marché en cherchant le chemin qui me conduirait le plus loin possible de ce coup du sort que venait de me faire la vie. Par les petites rues, j'ai rejoint Belleville, comme pour dire au quartier ce que l'on m'avait fait. Je suis montée aux Buttes-Chaumont, côté Simon-Bolivar, j'ai traîné un court moment le long des grilles fermées du parc ; j'aurais aimé aller jusqu'à la cage aux poules, ou faire le tour du lac. J'ai repris l'avenue jusqu'au métro Pyrénées, j'ai rejoint la rue Piat où je suis restée quelques minutes au pied de l'escalier E, puis je suis allée jusqu'à la rue des Envierges, en face du parc auquel j'ai résolument tourné le dos. J'ai cherché à me souvenir du squat des années 1980, de la pizzeria. J'avais besoin d'un lieu connu, besoin que l'on m'enveloppe, que l'on me protège comme j'imaginais que seul Belleville saurait le faire, mais cela n'a pas suffi. L'endroit était celui d'une autre vie. La consolation ne viendrait ni d'ici ni d'ailleurs. Grand-Maman n'était plus là, et à vrai dire, cela ne m'importait plus. Face à la mort de mon enfant, j'étais au-delà de tout, de la solitude et de moi-même. Je n'étais plus là, je veux dire.

Je suis repartie par Ménilmontant, j'ai rejoint le Père-Lachaise, j'ai descendu plutôt rapidement la rue de la Roquette, je suis passée devant la mairie du 11e arrondissement et j'ai continué jusqu'à Bastille. Je savais désormais où j'allais.

Je sentais le froid, le vent, je portais des petites Reebok Classic, un bas de jogging ou de pyjama, une doudoune fourrée en synthétique. J'ignorais l'hiver. Il n'aurait pu me refroidir plus que la mort ne l'avait fait le matin même ; j'étais un petit cadavre de mère déambulant dans la ville le soir de la mort de son fils, marchant seule dans Paris. J'ai marché, et j'ai atteint la Seine. C'est elle que je voulais. C'est dans ses bras que je voulais me jeter. Je suis allée de pont en pont, comme ivre. J'entendais des voix de bébés. J'entendais ma mère qui m'appelait. La réalité est que j'entendais, en chœur, la folie qui me guettait et la vie qui me retenait.

Plus tard, l'appel de la Seine est souvent revenu.

J'ai traversé Paris qui me semblait déserte ; j'ignore si c'étaient les gens que je ne voyais plus ou si la ville était vide. J'avançais sans être certaine du lieu où je me trouvais. Je ne saurais précisément citer les endroits, mais j'ai marché dans tous les sens et dans tout Paris. Une errance glaciale et embrumée. J'essuyais mes larmes et ma morve d'un coup de langue ou avec mes manches, doutant d'avoir vécu la cassure du matin, doutant d'être la mère d'un défunt. Et plus je marchais, plus je m'éloignais de chez moi, de ma réalité, de la mort de l'enfant.

Je suis rentrée au milieu de la nuit en marchant au hasard des rues. Je suis repassée par Bastille, la Roquette, le Père-Lachaise, le 20e arrondissement, la maison, le silence, plus d'enfant dans la chambre des enfants. Elle était restée telle que nous l'avions laissée le matin au réveil de Sam, puis à la découverte du corps inanimé de Tiago. Il y avait une trace de régurgitation sur son drap au niveau de la tête. Il y avait aussi ses deux oursons, un en coton bleu à pois blancs, l'autre en peluche écrue. Les mêmes doudous étaient à l'abandon dans le lit à barreaux de Sam.

J'ai récupéré dans le lit de Tiago l'anneau qu'il avait pour faire ses dents. Il était bleu, caoutchouteux, avec des petits reliefs. Je l'ai emporté dans le salon et déposé sur la table basse. Cet anneau, je l'ai conservé des années, toutes ces années je veux dire, et aujourd'hui encore, je sais où il se trouve.

Je suis allée m'asseoir dans le canapé, je me suis endormie quelques heures, serrant contre moi la chemise à carreaux de mon bébé découpée par les pompiers. Je pouvais sentir son odeur, le parfum de sa vie, le creux et la chaleur moite de son petit cou. Au lever du jour, qui revient inexorablement, mes cuisses et mes mollets douloureux m'ont rappelé la marche de la veille, et le souvenir de cette déambulation m'a rappelé la mort. À nouveau, j'ai pleuré, puis j'ai pensé à « ce silence » ; c'était presque une question : « Ce silence ? » Ce silence, c'était la mort, sa signature.

Tiago était parti empaqueté, sans vie, et Sam était en observation à l'hôpital, loin de nous ou presque. Le père est arrivé. Nous n'avons pas parlé, il a pleuré. Depuis ce jour, il a tout fait pour que nous ne parlions pas de ce qui était arrivé, et cela a duré. Gustave s'est enfermé des années sans dire la mort de son fils. Ce matin-là, malgré tout, il a tenté de me prendre dans ses bras, de me serrer contre lui. Je n'ai pas supporté, il nous avait tant délaissés, les enfants et moi, même durant l'hospitalisation de Tiago. Ma réaction n'était ni revancharde ni chargée de rancœur, c'était viscéral. Je voulais être seule avec mes fils, seule avec mon deuil. La consolation ne pourrait pas venir de lui, la consolation ne saurait être un motif de réconciliation, et de toute façon, la consolation n'existerait pas, ni à travers lui, ni autrement.

J'ai regardé Gustave dans les yeux et je lui ai dit :

« Je ne serai plus jamais heureuse. À présent, tout ce qu'il adviendra de ma vie sera toujours trop long. »

J'avais vingt ans.

On n'a pas tous les jours vingt ans. Cela n'arrive qu'une fois seulement.

Grand heureusement.

24

La mort de Tiago a été une intoxication infinie et lente. La mort de ton enfant, c'est pour toujours, à chaque instant. Tu ne dis jamais la mort de ton enfant au passé, tu ne dis pas « à la mort de mon fils ». La mort de ton enfant, c'est tout le temps, c'est partout, tu en es la crypte. Ton existence même est focalisée sur la mort de ton enfant, ton enfant, ton enfant, ton enfant. J'étais cette mère-là.

Le Dr Machin, lui, ne s'est jamais soucié de cela. Il n'a rien voulu savoir malgré l'appel du médecin de Robert-Debré à son cabinet. Il s'est uniquement fendu d'un mot de condoléances griffonné sur une carte de visite à l'en-tête d'un CHU d'une commune huppée du 92.

« Je voulais vous dire le choc que m'a fait l'annonce du décès de votre petit enfant le 9/1, lendemain de ma visite, et toute la sympathie avec laquelle je m'associe à votre peine.
Très sincèrement. »

À la réception de ce « courrier », j'ai appelé le Dr Machin. Ma mère et Cathy étaient là. Je lui ai demandé s'il se rendait compte du caractère tragique et définitif de sa négligence. J'étais assez calme, il me semble, ou plutôt très abattue. Il m'a asséné que la médecine était plus compliquée que je ne l'imaginais, que je ne pouvais pas me permettre de juger. Il a dit que la médecine n'était pas aussi simple qu'une partie de Pac-Man, que la médecine n'était pas un gros bonhomme qui pouvait manger les petits microbes. J'ignorais que Pac-Man était un jeu vidéo et j'ai pensé que cet homme suffisant continuait de me mépriser malgré le drame, comme il m'avait méprisée chez moi. J'ai répondu que je jugeais le médecin qu'il n'avait pas été et non la médecine.

Aujourd'hui, quand je me remémore ce coup de fil, je me dis que Pac-Man voulait simplement dire : « Ferme ta gueule. »

Je n'étais pas surprise, une petite Négresse issue d'une famille de prolos qui pond des gamins à dix-neuf ans après une déscolarisation à seize, malmenée par un homme blanc de plus de cinquante ans, docteur en médecine, ça allait avec l'époque. J'ai moins compris pourquoi ma mère et ma belle-mère ne sont pas intervenues, ni ce jour-là ni plus tard. Trop affectées, sans doute. Lorsque j'ai raccroché, aucune d'elles n'a prononcé un mot, Cathy a pleuré, Jeanne a traité le type de connard, puis elle a pincé ses lèvres et elle est partie dans la cuisine pour se faire un café. Aucun autre mot n'a été prononcé. On nous aurait tabassées toutes les trois que rien n'aurait différé de cet abattement et de cette brutalité que nous endurions.

J'étais seule. Quoi qu'il puisse arriver, j'étais seule. Malgré les manifestations de soutien – il y en a tout de même eu quelques-unes –, j'étais inexorablement seule. Je ne suis parvenue à écrire au Dr Machin que bien plus tard, lui faisant remarquer combien son comportement avait été différent de celui de ses confrères de l'hôpital Saint-Vincent-de-Paul où Tiago avait été hospitalisé la semaine avant son décès. Les Drs Ventoux et Pavé, du service de chirurgie pédiatrique, nous avaient également adressé un courrier au nom de l'équipe. Il était bref, mais ô combien touchant.

« Madame, Monsieur,

C'est avec une grande émotion que nous avons appris le décès brutal de Tiago.

Nous souhaiterions simplement vous dire à quel point, toute l'équipe chirurgicale et infirmière qui s'était occupée de Tiago a été bouleversée par cette nouvelle et s'associe par la pensée à votre douleur.

Croyez, Madame, Monsieur, à l'expression de nos meilleurs sentiments.

Drs Ventoux et Pavé. »

Cette lettre, je me la récite parfois, ou alors je la sors de la boîte où je l'ai rangée et je la relis. Mais voir ces mots couchés sur du papier est plus douloureux que de les réciter mentalement. Je ne sais pas pourquoi, ça me touche. Sans doute parce que je crois en chacun de ces mots. Je crois aussi que l'adverbe « simplement » dit beaucoup, et que cette courte lettre m'est douce peut-être parce qu'elle est sobre. Un peu comme l'a été la rencontre avec le Dr Pavé dans les semaines qui ont suivi la mort de Tiago. Il avait proposé de répondre à mes questions.

Je m'étais rendue seule au rendez-vous. Je me souviens de ne plus avoir regardé de la même façon les enfants et les parents qui circulaient dans l'hôpital. Le Dr Pavé m'a affirmé avoir pris soin de mon enfant. Il n'allait pas me dire le contraire, certes, mais je le croyais de toute façon. Il m'a expliqué les conditions du séjour de Tiago et les détails de l'opération (dans un langage accessible à ma compréhension) et a répondu à mes questions. À un moment, quand le Dr Pavé a affirmé qu'il pensait avoir fait son devoir et l'équipe son travail, j'ai songé à Machin et j'ai eu peur. J'ai pensé que lui aussi allait balayer la mort de Tiago. Mais le Dr Pavé a parlé de « devoir », de « travail », il n'a pas dit : « Vous m'avez fait venir pour rien », lui. Je suis désolée, mais ça veut dire quelque chose le devoir et le travail, et certainement pas : « Vous m'avez fait venir pour rien. »

Il a dit que si le résultat de l'autopsie devait révéler le contraire, il en assumerait les conséquences. Il était très sérieux, j'étais très petite, il aurait pu me souffler dessus et je me serais évanouie tant il restait peu de moi, mais il a parlé avec ses mots, son cœur et ses tripes.

Le Dr Pavé a gardé ma main droite dans la sienne et m'a fait savoir que si j'avais d'autres doutes, d'autres questions, je pouvais revenir le voir dès que je le souhaitais. Je ne sais pas comment cela s'appelle, de la dignité, de l'intégrité, de la gentillesse, de la pitié peut-être, mais ça m'a fait du bien sur le moment, et même longtemps après.

J'ai voulu lui demander de faire quelque chose pour que le bébé ne soit pas mort. Cette folie qui parfois me traversait m'a longtemps fait croire à une possible réversibilité de la mort de mon fils. Je ne sais plus si cela a duré des jours, des semaines, ou des mois.

Peut-être cela a-t-il duré des années.

Sans doute cela n'a-t-il jamais cessé.

25

« Mais qu'est-ce qu'il fout, le père ? »

J'ai entendu cette question tellement souvent. À l'école, chez les potes, en famille, chez le médecin. Chacun, à sa façon, m'a un jour posé la question. « Mais qu'est-ce qu'il fout, le père ? » En réalité, il n'était pas là, le père. Je crois que c'est ce qui a aussi beaucoup manqué. Ce père, je l'appelle le « génitueur », dans ma tête je veux dire. Désormais, Gustave s'appelle le génitueur.

Avec ses yeux verts, ses cheveux longs, son air à la Rahan, il était le plus beau du quartier, et moi pas la plus moche de la cité. C'est sûr que nous étions faits l'un pour l'autre ; c'est pas compliqué, un premier amour.

Mais, rapidement, l'amour a voulu dire prendre des gifles quand Guss n'était pas content, quand Guss n'avait pas de shit, quand Guss s'était fait recadrer par son beau-père. Le génitueur est loin, désormais, loin de nous, je veux dire. Il mène sa vie depuis vingt ans sans s'interroger sur le présent ou le devenir de ses enfants. C'est comme ça depuis le jour (de fête) où je suis parvenue à le quitter.

Le génitueur n'a jamais été là. Il n'a jamais été là pour donner le bain, les biberons de la nuit. Il n'a choisi aucun des babygros, aucune des salopettes Oshkosh dont j'étais dingue ; il n'a jamais été là pour changer les couches, ni pour les inscriptions à l'école maternelle, au primaire, ni plus tard pour les inscriptions au collège, puis au lycée ; il n'a jamais accompagné une sortie scolaire, il n'était pas au stade avec les autres parents, assis sur le banc, pendant les tournois de foot ; il n'allait pas avec Sam au judo, ni même aux cours de musique, lui qui se disait pourtant mélomane. Il ne s'est jamais intéressé aux séances d'orthophonie, n'était pas là pour les fièvres, l'eczéma, ni pour les rendez-vous chez le pédiatre ou le dermatologue, ni pour la dyslexie de l'un, ni pour le psy de l'autre, ni pour les peurs, les pleurs, les colères.

Le génitueur avait fini par décider de ne quasiment plus jamais être là.

Avant la mort de Tiago, Grand-Maman disait déjà de lui qu'il avait peu d'attrait pour la famille que nous avions fondée. Elle le déplorait et avait fini par le surnommer « le déserteur ». Et encore avant cela, Cathy avait essayé de me faire entendre raison en insistant pour que j'avorte. Elle m'avait appelée plusieurs fois, puis était passée me voir. Elle m'avait dit : « Ne crois pas que c'est contre toi que je dis tout cela, je connais Gustave comme personne. Il est colérique, et depuis quelque temps il fait beaucoup la fête et consomme divers produits. Il n'est plus le même, je dis ça pour toi. C'est trop tôt. Mais si tu n'avortes pas, je serai là. »

Elle fut là, en effet, et elle ne m'a pas lâchée. Mais à chaque fois que je me plaignais des emportements de son fils, de ses sorties après le travail sans qu'il prévienne ni songe à nous, de ses vacances sans nous, de ses voyages à l'étranger entre potes, et que je disais que Guss avait fait un abandon de poste, Cathy répondait : « Je t'avais prévenue. » Ça avait fini par devenir une blague entre elle et moi ; il fallait bien rire de cette déconvenue. Cathy disait aussi : « À vingt ans, tu as les réflexes et l'habileté d'une mère de famille en fin de carrière. Gustave, lui, est un gamin égoïste, mais c'est mon fils. » Elle disait toujours ça, et souvent elle ajoutait, fataliste, qu'on avait les enfants qu'on mérite.

Gustave disparaissait des heures, des soirées, des week-ends, parfois même jusqu'à trois semaines sans donner le moindre signe de vie. Exception faite des garçons, de nous deux, il n'y avait rien à sauver. Et pourtant, il disait :

« Si tu pars, je me suicide. »

« Si tu pars, je fais sauter tout le quartier et je me flingue après. »

« Si tu pars, je vous tue, toi et les enfants. »

« Si tu pars, je te bute, comme ça, je n'irai pas en prison pour rien. »

Et pourtant, il disait aussi que Dieu m'avait faite grosse, moche et avec des lunettes, que je n'avais pas intérêt à l'ouvrir, que j'étais un stupide animal – c'est ainsi qu'il me nommait à la moindre contrariété, « stupide animal ». Il parlait de moi comme s'il avait un morceau de merde dans la bouche. Alors qu'il l'avait dans la tête et dans le cœur, ce morceau. J'étais aussi un « cul cousu » depuis l'épisiotomie subie pendant l'accouchement. Mais ce cul cousu ne l'a pourtant jamais empêché de continuer à m'imposer des rapports sexuels que je ne supportais plus depuis longtemps. Il faut dire qu'à l'époque, et dans ce contexte précis, ma bouche était manifestement plus cousue que mon cul.

Et pourtant, je n'avais pas le droit de partir. Je n'avais pas le droit non plus de mettre du gloss car ça fait pute, ni de porter des chaussures à talons. Ça fait pute. Il me disait ça à moi qui porte des bijoux aux prix indécents, qui aime les jolies matières, les soins cosmétiques, qui déteste le laisser-aller et fais tout pour ne pas avoir la gueule de la vie que j'ai eue.

Pas le droit de prendre des leçons de danse, c'est pour les putes.

Pas le droit que la droite gagne les élections parce que ça l'énervait et que moi, bien sûr, je ne pouvais pas me rendre compte de la situation.

Pas le droit de faire trop cuire les pommes de terre.

Pas le droit d'avoir mal au dos quand je marchais dans la rue enceinte, parce qu'il voulait une femme qui marche, pas une femme qui rampe.

Pas le droit.

Ma tête a bien servi, elle tanguait un jour sur l'autre et parfois même d'un meuble à l'autre ; elle tanguait comme pas permis mais elle ne m'a pas lâchée. Je ne l'ai pas perdue, jamais. Face à la violence, j'avais certes cédé mon corps, mais il n'aurait pas mon esprit. Je me réfugiais dans mes pensées, j'appelais ça : « Monter dans ma tête ». « Je monte dans ma tête, tu n'auras rien dans ma tête. » « Je monte dans ma tête, tu n'auras rien dans ma tête. » Cet *ostinato* façon Coué a contribué à me sauver, j'en suis certaine.

Gustave n'a jamais été là pour les éclats de rire, les moments de joie – « D'accord pour une deuxième part de gâteau, mais après, c'est fini » –, les encouragements et les félicitations après les triomphants zéro faute à la dictée ou les meilleures notes de la classe aux contrôles. Mais aussi pour les regards, pour la confiance et l'amour inconditionnels de ses fils.

Le père n'a jamais été là, je le répète. Il n'a jamais eu à répondre directement aux reproches. « Mais qu'est-ce qu'il fout, le père ? » Ça, cela aura uniquement été pour moi.

J'ai donc été *les* parents.

Je suis toujours *les* parents de mes fils.

Ça n'avait pas été très intelligent de tomber amoureuse de Gustave à dix-sept ans et de lui faire des enfants à dix-neuf au seul motif qu'il était, disait-on, le plus beau du quartier.

26

De Tiago, je me souviens des funérailles. J'avais refusé de choisir le cercueil, j'avais refusé de choisir le cercueil, j'avais refusé de choisir le cercueil. Je refusais obstinément la mort de mon fils, alors j'avais commencé par ça : refuser de choisir le cercueil.

Je me rendais pour la première fois à un enterrement, et c'était celui de mon enfant. J'ignorais ce qu'étaient une mise en bière et une levée du corps. Celle-ci avait lieu à l'hôpital Robert-Debré. Je me suis rendue là-bas toute seule, à pied – nous ne vivions pas très loin de l'hôpital à l'époque. Je n'ai pas eu vraiment le choix. Gustave, qui n'avait pas supporté la tenue que j'avais décidé de porter – ma jupe était celle d'une pute –, était parti de son côté. Voilà, nous enterrions l'un de nos fils et j'étais une pute ; ma jupette noire qui s'arrêtait aux genoux et mes Reebok n'étaient pas à la hauteur de l'événement.

La « pute » a commencé par essuyer sa morve et ses larmes et a annoncé qu'elle n'irait pas aux funérailles. Elle a laissé partir le père, puis elle a de nouveau chialé, pour le bébé et pour la façon dont elle venait de se faire traiter par le père. La pute s'est passé de l'eau sur le visage, elle a quitté la salle de bains et s'est rendue à pied jusqu'à la chambre où reposait son fils, la chambre mortuaire, pas celle de la maison.

Un membre de la famille de Gustave m'a fait remarquer mon retard, il s'était inquiété. Un des hommes chargés de la cérémonie m'a dit que si je voulais voir mon fils une dernière fois, je devais me dépêcher. J'étais en retard et il y en avait d'autres après. D'autres bébés morts, je veux dire. Comme s'il y avait une heure normale et adaptée pour mettre son enfant en terre. Comme s'il était aisé de se rendre à ce genre de rendez-vous, surtout quand on est une pute.

Je me suis dirigée vers la pièce que l'on m'avait indiquée, j'ai eu l'impression que tout le monde me regardait. Dans l'encadrement de la porte, ma belle-mère m'attendait. Elle m'a d'abord retenue. Elle venait de sortir de la chambre du petit mort. Elle m'a demandé si j'étais sûre de vouloir le voir comme ça parce que c'était très dur, et elle s'est mise à pleurer. J'y suis allée malgré tout. Cathy avait raison, c'était très dur, oui, et ça faisait pleurer, c'est vrai.

Mon bébé était trop petit pour le cercueil. Il portait les vêtements blancs que j'avais choisis et que ses deux grands-mères lui avaient enfilés. Je le regrette, mais sur le moment, il m'était insupportable d'imaginer que d'autres qu'elles s'occupent de mon petit et lui mettent sa jolie tenue Petit Bateau. Maman, les petits bébés qui vont sous terre, ont-ils des ailes ? J'ai tant de fois regretté d'avoir imposé cette épreuve aux grands-mères. Mais à l'époque, je ne croyais pas encore en la mort de Tiago et j'ai pensé que ses grands-mères pouvaient le vêtir. Dans sa chambre mortuaire, dans ce couffin morbide qu'était son cercueil, le visage de Tiago avait disparu. Je le voyais jaune, bleu, marron, gris, les yeux creusés. Tiago me ressemblait. Pendant des années, face au miroir, je tirerai mes paupières inférieures avec mes doigts pour revoir le visage de mon fils mort. Je me souviens d'avoir souhaité pour le cimetière la présence de musiciens, notamment d'un joueur de balafon. Mais je me rappelle surtout de l'intendance. En une semaine, qui était celle du premier anniversaire de mes fils, j'ai appris les mots « concession », « funérarium », « oraison », et quelques autres encore.

J'aurais dû apprendre, de la même façon que nous ne vivons pas tous égaux, que nous ne mourons pas tous égaux. Une tante de Gustave avait choisi le cercueil et m'avait téléphoné après que le vendeur des pompes funèbres lui avait annoncé qu'il n'existait pas de modèle suffisamment petit pour mon bébé, ni pour aucun bébé, d'ailleurs. Ils disposaient bien de cercueils pour enfants, mais pas pour bébés. Mais ça, c'était normal. Une tombe, c'est forcément trop grand pour un bébé qui n'a ni l'âge ni la taille pour mourir.

Puis il a fallu discuter avec le service administratif du cimetière. Je voulais que Tiago repose non loin de nous, dans la ville où lui comme moi étions nés. Je voulais que mon fils soit enterré à Paris *intra-muros*, mais il n'y avait plus de place. On m'a demandé si ma famille ou moi étions propriétaires d'un caveau au Père-Lachaise ou au cimetière de Charonne, non loin de chez nous. N'étant pas propriétaire de l'endroit où je logeais vivante, évidemment, je ne faisais pas partie de ceux qui avaient les moyens de se payer l'espace qu'ils occuperaient une fois décédés.

Mon fils a été enterré un glacial matin de janvier à Pantin, dans le 93. La Seine-Saint-Denis, c'est de la bombe, bébé ? Il n'a pas eu le droit de reposer dans sa ville, il n'avait qu'à mieux naître, dans une famille qui possède entre autres choses un caveau. J'ai signé pour une concession de dix ans, j'ai refusé de prendre celle sur vingt ans et moins encore celle à perpétuité. S'engager sur dix ans était de fait le moins onéreux, je n'avais pas un rond, et puis, forcément, si tu as tes enfants à dix-neuf ans, c'est que t'es déjà dans une merde noire, c'est que t'es déjà issue d'un milieu obscur. Donc, si tu n'as pas d'oseille, tu pars sur dix ans, et c'est comme ça. Et puis je voulais enterrer mon fils le moins longtemps possible. Tant de souffrance ne valait pas la perpétuité, ni même vingt ans. Une seule minute, pour une telle douleur, c'était déjà de trop.

Dix ans plus tard, lorsque le moment fut venu de renouveler la concession, j'étais encore à baigner dans ma merde et naïvement, pour ne pas crever tout de suite de douleur lorsqu'on m'a demandé sous quelles modalités je souhaitais renouveler la concession, j'ai ignoré la mélasse dans laquelle j'évoluais et préféré ne pas savoir que dans dix ans je macérerais toujours dedans et que j'y finirais noyée. Parce que dans la vie, même si c'est sublime, il est faux de dire que : « Tout est possible à qui rêve, ose, travaille et n'abandonne jamais[1]. » Chez nous, tu restes à ta place, tu fermes bien ta gueule, tu travailles, tu rêves, tu oses, mais on t'abandonne toujours. Alors tu en reprends pour dix ans de concession avenue des Acacias, division 125.

Vingt ans après la mort de Tiago, la question du renouvellement de la place au cimetière de Pantin s'est posée une nouvelle fois. Là, j'ai préféré déléguer et j'ai demandé au père des enfants – qui ne partageait plus ma vie – d'effectuer les démarches. Moi, je m'étais interdit d'aller au cimetière depuis dix ans, depuis le soir où j'avais fait exprès de me faire enfermer là-bas. Je n'étais pas parvenue à m'en aller à l'heure de la fermeture ; je voulais rester auprès de mon enfant. Le silence et la nuit m'avaient terrifiée. Depuis, j'étais donc interdite de cimetière, comme d'autres sont interdits de casino. Aussi, pour le renouvellement des vingt ans, j'ai pensé que le père, pour une fois, pouvait s'occuper du fils mort. J'assumais tout depuis longtemps, j'étais toute seule pour les fils vivants, il pouvait bien se charger de la concession. Sa famille m'a répondu que les choses seraient faites dans les délais requis par l'administration et que la concession serait renouvelée.

Mais à l'automne 2018, vingt-trois ans après le décès de Tiago, alors que je faisais du sport avec une amie d'enfance le long du canal de l'Ourcq, celle-ci m'expliqua

1. Discours de Xavier Dolan au Festival de Cannes 2014.

qu'elle avait souhaité aller déposer des fleurs pour mon fils à la Toussaint mais qu'elle n'avait jamais trouvé sa sépulture et qu'elle était repartie avec ses chrysanthèmes qui végétaient depuis sur son balcon.

J'ai ruminé, j'ai douté de Gustave qui s'était tant de fois révélé menteur, alors je me suis rendue au cimetière de Pantin. J'ai tourné, j'avais froid, et je n'ai pas trouvé sa tombe. Mon fils avait disparu, ses restes avaient disparu.

J'ai appelé le service administratif chargé des sépultures, je leur ai expliqué que j'avais perdu l'enfant que j'avais perdu. Il m'a été annoncé que ce qui demeurait de mon fils avait été exhumé, qu'il reposait désormais dans le carré des indigents.

C'est ce qui arrive aux mauvais payeurs. On m'a réellement parlé du « carré des indigents ». Que les choses soient bien claires : tu nais indigent, tu vis indigent, tu crèves indigent. Dans les cinq ans à venir, ce qui resterait de mon enfant serait déterré et expédié au funérarium.

Personne n'en saura rien. Les bébés morts et déterrés, on en parle encore moins que les bébés morts. C'est que la honte est vivace et se nourrit de tout ce qu'elle trouve sur son chemin pour ressusciter plus fort.

27

Même reposer en paix, il n'aura pas pu.

En écrivant cela, je m'agite et le mot « vengeance » me traverse. *Les riches ont des petites coupures, les pauvres ont des grosses cicatrices*[1].

Grand-Maman n'avait pas tout dit. Elle n'avait pas dit que tous ces *Ils* nous foutraient tous dehors, et même au-delà. Qu'ils feraient ce qu'ils veulent, comme ils veulent, qu'ils domineraient par-delà la mort. Grand-Maman n'avait pas tout dit peut-être parce que jamais elle ne s'est plainte d'être pauvre. Même si les mots « pension de réversion », « retraite » revenaient à chaque fin de mois et chaque fin de trimestre, même quand je la voyais compter ses pièces, en faire des piles et écrire sur son cahier de comptes ce qu'il lui restait pour tenir jusqu'à la fin du mois. Et dire qu'à l'époque, quand je voyais ces piles de piécettes qui auraient fait exploser ma tirelire éternellement vide, je la croyais pleine de pognon ! Surtout que, comparée à Jeanne, Grand-Maman roulait sur l'or. Le Brun mettait parfois du beurre dans les épinards et Jeanne s'acquittait souvent très en retard des multiples créances que Grand-Maman lui accordait.

Enfant, je ne savais pas que nous étions pauvres. Chez Grand-Maman, tout était raffiné et beau. Chez Jeanne, tout était bohème, alors la pauvreté ne se voyait

1. *Changer d'horizon*, chanson de L'Affreux Jojo, Société des éditeurs et auteurs de musique (SEAM).

pas. J'ignorais ce que c'était qu'être pauvre. Et jusqu'à l'adolescence, je m'en foutais. Je pensais qu'il suffisait de travailler pour être tranquille.

Mais la pauvreté, j'y ai beaucoup pensé lorsqu'on a rejeté mon indigent de bébé. Et je dois bien admettre que seuls les mots de ma grand-mère m'ont consolée. Grand-Maman ne se recueillait jamais sur les tombes, même sur celles de Grand-Papa et de Nina. Pour elle, une fois la mort advenue, peu importait le devenir des corps. Elle était partisane de la crémation afin de ne pas encombrer de carcasses ceux qui restent, selon son expression. Alors, quand j'ai su que la sépulture de Tiago avait été dégagée, j'ai songé, comme le disait Grand-Maman, que mon fils demeurait partout ailleurs.

Je savais que certaines existences étaient de loin plus rudes que d'autres, mais j'ignorais que même leurs morts étaient plus douces que nos vies. Tiago, mon tout petit indigent, si tu n'as pas d'endroit, au pire, viens avec moi, je sais où t'accueillir. Viens, mon fils, viens me voir là où sans toi je demeure ; viens, regarde, je suis là. Certains vivent au bord de la mer, d'autres au bord d'une rivière, d'autres, moins chanceux, vivent au bord d'une route ; je vis au bord des larmes.

De lui, je me souviens qu'une fin d'après-midi de février, le père était rentré avant moi du travail, ou peut-être était-il de repos, je ne sais plus, mais il était là à démonter le petit lit à barreaux de Tiago, genoux à terre, marqueurs d'un fléchissement tragique. Je l'ai supplié de ne pas démonter le lit de notre fils. « Pas maintenant, pas tout de suite, je ne peux pas. » Gustave n'a pas répondu, il a continué son travail. J'ai insisté, je pleurais. Et alors que je quittais la pièce, il a dit : « Tu sais bien qu'il faut le faire. »

Oui, je le savais bien.

En y repensant, dans le film *Papa*, Alain Chabat fait la même chose que Gustave. C'est en voyant l'acteur genoux à terre démontant un lit que j'ai compris qu'un enfant était décédé. Le réalisateur Nanni Moretti évoque lui aussi, dans son film *La Chambre du fils*, la perte de l'enfant. Et dans son livre *À ce soir*, Laure Adler raconte, si ma mémoire ne me trahit pas, qu'à chaque fois qu'elle rentrait de l'hôpital elle se recroquevillait dans la minuscule baignoire du cabinet de toilette attenant à la chambre de son petit Rémi, enfant qui décédera à l'âge de neuf mois.

La chambre, le lit, la carapace, la coquille attisent l'inextinguible brûlure et l'illusoire combat contre l'absence. La chambre ne peut être cachée ou complètement contournée, ou se ranger précieusement dans un tiroir. Sauf à pouvoir et vouloir déménager, elle raconte au quotidien l'absence plus encore que ne le font les vêtements, les jouets ou les photos.

Après le démontage du lit, on m'a expliqué qu'il serait peut-être mieux que je n'utilise plus la poussette double et que j'en achète une individuelle. Dans le magasin de puériculture, sans m'en rendre compte, je marchais à reculons pour m'éloigner de la poussette solo qu'on me proposait. Je peux ressentir encore très précisément la nausée qui, lentement, montait en moi. On m'a posé une main dans le dos pour me rapprocher de l'objet, je ne sais plus si ce geste était délicat, mais aujourd'hui encore, il résonne comme si j'avais été brutalement projetée, comme si mon cœur me lâchait et qu'il prenait toute la place dans sa cage.

Vingt ans plus tard, je n'étais toujours pas d'accord avec la mort de mon enfant. J'avais eu le temps de vieillir, de souffrir et de comprendre que je ne comprendrais jamais. Néanmoins, j'avais aussi appris que nous, les *sans-dents*, on avait comme les autres le droit de se défendre. Je restais persuadée que le Dr Machin était responsable de la mort de Tiago. J'ai consulté un avocat qui m'a dit qu'il y avait prescription. Ça m'apprendrait à mettre plus de vingt ans pour réaliser que ce médecin aurait pu être condamné pour non-assistance à bébé en danger.

L'avocat évoquait une infime chance de pouvoir faire intervenir la justice. Je n'ai pas tout saisi, mais il me semble qu'il disait que si Dr Machin exerçait encore, nous pourrions essayer de l'attaquer sur sa déontologie. J'ai téléphoné à son cabinet, l'adresse qu'indiquait Google était la même que celle figurant sur sa carte de visite que je possède encore. Sa carte de visite-pour-rien. Une secrétaire médicale m'a répondu : « Oh, mais ça fait longtemps qu'il n'est plus là, c'est un très vieux monsieur, vous savez. »

Ça m'a foutu un putain de coup. Pas à l'idée de ne pas pouvoir saisir la justice, non. Le putain de coup, c'était d'entendre qu'il était vieux, ce que Tiago ne deviendrait jamais. Ce mec a vieilli à l'aise pendant que je crevais.

Ce médecin est le dernier qui aurait pu s'enquérir précisément de l'état de santé de mon fils.

Ce médecin est le dernier à avoir eu l'opportunité de lui sauver la vie.

Ce médecin est le dernier, le dernier des derniers.

28

Compte-rendu d'autopsie :

« Absence d'épanchement abdominal liquide ou gazeux.

Les intestins ne présentent pas d'anomalie.

Le méso est considérablement épaissi par de nombreuses adénopathies d'allures inflammatoires.

Iono et numération.

Pancréas d'allure ferme et de poids normal, et les reins, et le foie, et la rate, la vessie, le thymus, le cerveau, les poumons et le cœur alouette.

La radio du squelette ne montre pas de traumatisme.

La recherche de toxique est négative pour les barbituriques, les benzodiazépines, les antidépresseurs (CQF vraiment D).

Ces vérifications ne permettent pas de mettre en évidence les causes immédiates du décès.

On met cependant en évidence une hypertrophie du ganglion du méso, de la région hilaire du poumon droit et gauche, l'intestin grêle comporte de très nombreuses plaques de Peyer.

La présence de petites lésions pneumologiques interstitielles bilatérales, avec atteinte interalvéolaire et infiltrat de cellules mononucléées. Et distribution broncho-pneumonique associée à la présence au niveau du tube digestif d'une inflammation diffuse touchant le colon et l'intestin grêle. Une gastrite interstitielle et folliculaire et une œsophagite non érosive diffuse.

L'examen histologique a permis de retrouver des lésions pulmonaires bilatérales qui évoquent plutôt une pathologie chronique, qui peuvent être rattachées aux lourds antécédents néonataux et à la prématurité de Tiago, mais dont l'intensité ne pourrait pas expliquer une anoxie aiguë.

Il existe par ailleurs des lésions d'entérite diffuses d'origine probablement virale ainsi qu'une gastrite nodulaire à hélicobactère, on retrouve également une œsophagite congestive.

En conclusion : mort subite d'un enfant d'un an aux importants antécédents néonataux, chez qui les lésions ne permettent pas d'expliquer le décès mais sont retenues comme facteurs favorisants.

Je m'excuse d'avoir fait venir le Dr Machin pour rien.

29

Cette année-là, j'ai passé le week-end de Pâques chez Grand-Maman. Dans sa nouvelle maison. Elle avait invité tout le monde : Jeanne, les petites biches, Raphaël, et même les oncles. J'avais laissé Sam à son père et j'étais partie. J'ignorais si j'étais tout à fait à ma place parmi eux, désormais. Depuis que je fréquentais la famille de Gustave, ils m'accusaient presque d'être une « social traître » et me qualifiaient de « petite bourgeoise ». Mais chez Grand-Maman, je me sentais toujours chez moi. Les meubles, les rideaux, les photos, les bibelots, les napperons, les plantes, la vaisselle étaient les mêmes que ceux de la rue Piat. J'étais à la maison.

Le premier soir, elle a trouvé qu'il était trop tard pour regarder la télévision et elle nous a envoyées, Gaby et moi, nous brosser les dents. Pour elle, nous avions toujours dix ans. Elle avait réussi à caser trois lits gigognes et deux lits superposés dans une chambre. J'ai reconnu les draps en flanelle fleuris. Leur seule odeur m'a apaisée. Ici, j'avais le droit d'oublier que j'avais grandi d'un coup, trop vite et trop durement, j'avais le droit de redevenir une enfant.

Le lendemain matin, avant que tout le monde se réveille, Grand-Maman a voulu me parler seule à seule. On s'est assises sur son lit. Sur sa table de chevet, il y avait une carafe et le verre assorti que je lui avais offert. Il y avait aussi un cadre abritant une photo de Sam, Tiago et moi. Elle a dit : « Tu vois, vous êtes tous les jours près de moi, vous êtes toujours ma sainte Trinité. » Elle s'est alors redressée, droite, trop droite, et a poursuivi : « Aujourd'hui, pour une fois, nous sommes presque tous là. Mme Roca, la voisine qui occupe la maison d'à côté, passera pour prendre le dessert avec nous… » J'ai regardé Grand-Maman de travers. J'ai eu peur d'avoir bien saisi quand elle a ajouté : « Tu comprends, mon petit, je ne veux ni regards en coin, ni questions. Une fois que tout le monde sera levé et tout à l'heure, quand Mme Roca sera avec nous, pas un mot sur notre drame. »

J'ai quitté la pièce pour ne pas pleurer devant elle. J'ai détesté Grand-Maman, même si la détester à cet instant précis était encore lui offrir trop d'amour. À nouveau, elle rangeait les choses graves dans les combles. C'était jour de fête pour tous, cela devait le rester. Enfin, pour eux.

Au déjeuner, je suis restée mutique, hermétique à la vie qui s'agitait sous mes yeux. La femme du Brun m'a demandé :

« Nana, qu'est-ce qu'il se passe ? T'as une tendinite à la langue ou quoi ? On ne t'a pas entendue du repas. » Elle m'a pris la main : « T'es sûre que ça va ? Tu es allée voir la personne dont tu m'avais parlé ? »

Le Brun s'en est mêlé.

« Quelle personne ? Tu parles encore de cette psy ? Mais arrête ces conneries ! Qu'est-ce que tu vas aller foutre chez un psy, Nana ? C'est tous des cons. Tu crois que j'ai eu besoin d'eux pour sortir de la came ? Bah, non, alors tu feras comme quand on apprend à marcher : tu te casseras la gueule et tu te relèveras. T'as pas besoin de psy, tu vas le faire, ton deuil ! »

Je voulais bien me relever, mais la mort d'un enfant, c'était quand même une sacrée chute. Il ne m'a pas laissée le temps de répondre.

« Allez, Nana, ça va aller ! Et puis je vous ai vues avec ta sœur, l'autre jour, quand vous êtes venues manger des crêpes. Vous n'arrêtiez pas de vous raconter des conneries. Ne me fais pas croire que vous ne vous amusiez pas ! Tu vois bien que tu vas déjà mieux. »

J'ai soufflé :

« Quelles conneries ? »

Et Gaby a dit :

« Je crois qu'il parle des chewing-gums tout mâchouillés. »

C'est comme ça qu'on appelait les pralines que Grand-Maman conservait dans une bonbonnière et que nous dérobions dès qu'elle s'absentait de l'appartement. Une transgression ultime que nous avions souvent plaisir à nous remémorer.

Gaby a éclaté de rire, Georgia aussi. Tous les autres ont tendu l'oreille. Ils voulaient savoir. Ils étaient si enjoués, et si insouciants. Ils m'ont fixée avec leurs grands sourires, ils voulaient que je rie. Moi aussi, pas pour moi, mais pour eux.

30

Un an précisément après la mort de Tiago, en dépit du délabrement de notre couple, Gustave et moi avons appris que j'étais enceinte. C'était étrange, presque dérangeant. Depuis le décès de Tiago, mon corps se disloquait. Entre autres dysfonctionnements, je n'avais plus jamais eu mes règles et je me refusais souvent à celui qui partageait ma vie. Donner naissance n'était plus un projet, ce ne le serait jamais plus même si Gustave le souhaitait, même s'il voulait un autre enfant. Et avec moi, disait-il.

Moi, j'avais Sam, si doux, si vif, si vivant. Sam et ses boucles toutes blondes, son rire, sa force et ses yeux verts qui me permettaient d'attendre que Tiago ait fini d'être mort. Qu'enfin, nous soyons tous les trois.

L'année qui a suivi sa disparition, durant tout le mois de janvier, j'ai été saisie de nausées du matin au soir. Un après-midi, au retour de courses, j'ai vomi entre deux voitures, dans un caniveau, face à la devanture d'une pharmacie de la rue de Ménilmontant. En relevant la tête, un peu sonnée, j'ai vu une publicité pour un test de grossesse dans la vitrine.

Putain ! Merde ! je me suis dit. J'ai même eu un peu peur. Je suis entrée acheter le test.

Positif.

Je n'ai pas attendu le lendemain et les urines du matin. J'étais super enceinte. J'ai appelé la Comédie-Française, à la décoration où Gustave travaillait encore. Je lui ai annoncé que j'attendais un enfant ; il m'a demandé de qui. Je savais qu'il ne me soupçonnait pas d'infidélité, c'est juste que les histoires de bébés étaient devenues chose étrange pour nous, et surtout anxiogènes.

La grossesse a été estimée à deux mois. Le temps de gestation a été doux, Gustave était heureux, tout le monde l'était ou disait l'être, les amis, la famille, les toubibs. Même moi j'avais fini par ressentir une certaine joie, j'attendais que Tiago revienne. Mais c'est Milos qui est arrivé, en bonne santé, à la fin de l'été.

Le dernier mois de grossesse reste un souvenir terrifiant. J'avais peur du bébé, mais j'avais surtout peur de moi qui tuais des bébés. Je ne sais pas si entendre des voix, c'est ainsi, mais dans ma tête, quelqu'un me disait : « Il ne faut pas tuer le bébé. » « C'est toi qui as tué le bébé ? » Cela arrivait fréquemment, surtout la nuit. Je mordais alors l'oreiller pour ne pas faire de bruit. Et ça suffisait le plus souvent à m'apaiser. Et puis un soir, dévastée, j'ai appelé Emma, la tante de Gustave. Elle était psy, et à la mort de Tiago elle m'avait délicatement proposé de m'adresser à une collègue, ce que j'avais décliné. Deux ans plus tard, j'acceptais son aide. Parce que ce n'était pas vrai que je pouvais tuer mes bébés. Peut-être que j'avais entendu des voix, mais c'étaient celles de la culpabilité et de la peine que Machin n'aurait jamais.

Les consultations n'ont pas sauvé ma vie mais elles m'ont sauvée d'une mort psychique. Rien ne pourra sauver ma vie, elle est brisée déjà. Néanmoins, je l'aime comme elle est.

Milos est né après le terme, on a même dû « me déclencher », comme ils disent. J'ai été admise à l'hôpital Tenon la veille de l'accouchement. Le jour même, je suis sortie de l'hôpital me promener place Gambetta parce que j'en avais marre d'attendre. Le personnel m'a disputée comme pas possible et, en prime, rasé le pubis avant de me descendre en salle de travail.

Milos est né aussi dodu que ses frères étaient frêles, aussi brun que Sam était blond. À la maternité, nous avons été gâtés, vivants que nous étions. Tout le monde le trouvait beau, mon bébé. Normal, il était très beau. Beau et surveillé.

Il m'a été annoncé un tas de modalités et de soins à prodiguer pour Milos, un protocole relatif à son statut de petit frère de bébé mort subitement. Il était même prévu durant quelques mois une surveillance cardiaque à la maison pour être sûr que son cœur batte correctement et que je ne fasse plus jamais venir un docteur pour rien.

Une semaine après la naissance, Gustave et Sam sont venus nous chercher à la maternité. Sam n'arrêtait pas de demander : « Mais il vient chez nous, ce bébé ? » Et ce bébé et Sam ont grandi sans que l'on puisse passer ne serait-ce une feuille de papier de soie entre eux. Milos n'a jamais lâché son grand frère quand, plus tard, sont arrivés les cris, quand sont arrivés les pleurs, quand sont arrivés les délires et les diagnostics des psychiatres, quand ils nous ont dit : « Votre fils n'est probablement pas schizophrène au sens typique du terme. Il est plutôt sujet à une schizophrénie induite. Induite par le drame d'avoir perdu un jumeau, à une période où il n'avait pas de mots. Il a intégré qu'il devait être *deux*, pour lui et sa maman, donc de fait dissocié. »

Sam est malade.

Nous sommes tous restés malades de la mort de Tiago.

31

Il faut que j'arrête de me tromper de ligne de métro, de prendre la 11, de retourner à Belleville malgré moi. Récemment, ça m'est encore arrivé. Même à quarante ans bien passés. J'ai rebroussé chemin dans les couloirs, frôlé un musicien du métro badgé « RATP », qui chantait au micro et pianotait sur un clavier Yamaha une chanson qui m'a tout de suite fait penser au Blond, et à tout le reste, évidemment.

J'avais neuf ans. C'était un jeudi, la maîtresse était absente, je passais la journée avec Grand-Maman qui devait garder les enfants du Blond. Louise, sa femme, avait rendez-vous à la maternité de Saint-Antoine pour une échographie. Leur troisième enfant arrivait dans deux mois.

Grand-Maman tricotait de la layette jaune poussin et m'avait laissée regarder la télé tandis que les petits faisaient la sieste. Ils dormaient encore quand leur mère est rentrée. Grand-Maman a bondi du fauteuil pour demander : « Alors ?! » Ma tante s'est mise à pleurer et Grand-Maman a insisté : « Mais enfin, qu'est-ce qui ne va pas ? Ça s'est mal passé ? » Ma tante a pleuré encore plus fort et demandé à Grand-Maman de la suivre dans la cuisine. Là, j'ai compris qu'il y avait quelque chose de grave et que c'est pour ça que Louise était triste. Elles sont restées à chuchoter un moment dans la cuisine. Je ne regardais plus la télé, j'attendais qu'elles reviennent, surtout Grand-Maman ; j'étais inquiète. Et puis elles sont réapparues. Je n'ai pas osé bouger du fauteuil. Elles m'ont dit qu'il n'y aurait pas de bébé, que son cœur s'était arrêté de battre dans le ventre de ma tante Louise. Le lendemain, elle serait hospitalisée pour mettre au monde une vie déjà achevée. Elles ont brandi leurs mains, tendu leurs doigts et m'ont dit : « On te confie ça parce que tu es là et que tu es grande maintenant, mais il ne faudra pas en parler. À personne, tu entends ? »

Et jamais plus, en effet, je n'ai entendu reparler de ce bébé mort *in utero*. Sauf une fois. Le Blond était passé un soir rue Piat pour voir Jeanne. Ils sont allés dans la cuisine, il lui a demandé son accord écrit pour que l'équipe médicale de Saint-Antoine puisse consulter le dossier de Nina. Les médecins voulaient savoir si ces deux morts prématurées au sein d'une même famille pouvaient avoir un lien. Ma mère a accepté et le souvenir de ce bébé mort s'est arrêté là.

J'ai failli étouffer dans le wagon du métro. J'aurais pu défaillir tandis que tous ces trop nombreux silences revenaient. Nina, le bébé des Blond, Tiago, tous ces enfants tus, toutes ces mères et ces pères incapables de prononcer leur nom. Je me souviens qu'à la mort de Tiago, Cathy, la mère de Gustave, a annoncé que rien ne serait plus jamais pareil. Cette phrase m'avait terrifiée car elle suggérait que les choses pouvaient être encore pires que ce que je vivais. Et moi, je voulais que rien ne change, je voulais des repères, des ancrages, des certitudes. Je voulais mes enfants. Mais rien ne serait plus jamais pareil dans ma vie, Cathy avait raison. Et rien ne serait plus jamais Paris, boussole qui m'avait tenue droite jusque-là.

Malgré les bras de Grand-Maman, de Jeanne, de Cathy, des tantes et d'une des grands-mères de Gustave, je restais inconsolable. Elles étaient tristes, elles pensaient très fort à moi, elles m'assuraient de leur soutien, elles s'associaient à ma peine, elles m'apportaient des friandises, des fleurs, elles me proposaient de voir quelqu'un, elles m'embrassaient très fort, mais elles ne disaient rien de Tiago. De mères en filles, de défunt en défunt, on se taisait.

J'ignore la raison de ce silence organisé. Toutes ces femmes, vraiment toutes, étaient prêtes à tout pour me soulager, sauf à affronter la vérité, l'insupportable, la mort du bébé. Elles m'ont apporté le réconfort qu'elles pouvaient.

Et en m'enlaçant, elles m'ont légué leur silence.

32

C'est souvent que j'ai besoin d'aller marcher après le travail. Dans le médico-social, tu deviens ivre de la souffrance des autres. Parfois, j'ai la tête qui tourne sur l'oreiller à cause de ça et je suis obligée de me relever. Ces métiers-là essorent ton cerveau et ton cœur à deux cent mille tours. Tous les jours tu portes, tu supportes, tu ne sais pas comment tu fais, mais tu tiens. Alors, en quittant le service, il faut que je marche. Depuis l'Hôtel de Ville, je remonte jusqu'à République. Je vais vraiment n'importe où, tant que je suis en mouvement ça me va, et sans faire exprès, souvent j'atterris à Belleville. Je vais jusqu'aux Buttes-Chaumont. Si on menait une enquête sur moi, les flics pourraient retrouver mon ADN là-bas !

C'est au pied des Buttes que je suis allée faire recouvrir le tatouage de Tiago que j'avais dans le dos. J'ai eu l'impression d'aller me faire avorter. Je l'avais fait faire sur un coup de sang, après la mort de mon fils. J'avais choisi le dos pour ne pas le voir au quotidien, ne pas y penser. À vingt et un ans, je ne voulais pas lire : « Tiago, repose en paix » tous les jours sur ma peau.

À l'époque, les tatouages étaient encore réservés aux putes, aux marins, aux rockeurs, aux gitans, aux voyous, aux chauffeurs de camtar, aux anars. Perso, je pouvais presque incarner tous ces rôles, à deux-trois près. Aujourd'hui, le tatouage est sur tous les corps. On dirait une épidémie dermatologique. C'est comme les

Stan Smith, en pire. Le tatouage n'a pas pu rester en marge, à sa belle place.

Désormais, j'ai une plante tropicale à la place, entre les omoplates, une plante qui, paraît-il, représente la prospérité et la santé. C'est tout moi ! Je ne l'ai pas choisie, j'ai laissé faire le tatoueur. C'était ma façon de tout virer sans pour autant tout effacer. Je ne suis pas une pierre tombale, merde ! Je suis une pierre semi-précieuse, *a minima.*

En sortant de chez le tatoueur, alors que je m'approchais de la mairie du 19e, une femme s'est approchée de moi. J'ai ôté mes écouteurs ; elle a prononcé mon prénom deux fois.

« C'est incroyable, t'as pas changé, t'as pas bougé ! T'es la même.

— …

— Tu ne me reconnais pas ? »

La fille s'est tue, déçue, puis elle a souri avec insistance. Vraiment, je crois qu'elle était déçue.

« C'est moi, Inès. Le cours de danse avec Ana, tu te rappelles ? Ça va ? »

J'ai dit que oui, ça allait, et j'ai demandé s'il en était de même pour elle. En réalité, je n'allais pas si bien que ça et je m'en beurrais de savoir comment les choses se passaient pour elle. Elle avait changé, elle avait le visage ravagé, ce qui expliquait sans doute pourquoi je ne l'avais pas reconnue. Je me suis dit : Vieillir, c'est un accident de la route ou quoi ?

La Inès dont je me souvenais avait vingt ans, un sourire éclatant, presque insolent, toujours un tee-shirt coupé juste au-dessus de ses hanches satinées et des abdos tracés. Moi, à l'époque, j'avais déjà des vergetures, mon ventre était comme tigré et je faisais deux tailles de plus qu'elle. C'est fou comme le cours des choses peut parfois s'inverser. Il m'avait fallu plus de vingtcinq ans, d'accord, mais j'étais devenue plus belle qu'Inès. Plus belle que cette Inès ridée, mal attifée, au corps trop épaissi et aux dents jaunies, qui se tenait devant moi. Dans ma tête, je kiffais ma mère. Elle a dû sentir qu'intérieurement, je me réjouissais de sa déchéance.

Elle m'a balancé net, tel un coup de tête balayette :

« Et les jumeaux, ça va ? »

C'est vrai que ça m'a calmé. J'ai arrêté de me foutre de sa gueule, je veux dire. Je lui ai tout de même rappelé qu'il y avait eu un mort et qu'elle et moi on se voyait encore lorsque c'est arrivé. Elle a marqué un temps d'arrêt, coup de tête balayette, c'était son tour. Elle a dit dans un souffle :

« Je ne savais pas… Euh, j'avais oublié, pardon. »

Moi, je m'en foutais de ses condoléances super en retard, je m'en foutais qu'elle me raconte ce qu'elle était devenue, je m'en foutais d'elle, de ses gamins et de son mec, je voulais juste expédier les retrouvailles. J'étais en train de laisser filer le compteur de l'appli « marche rapide », j'allais écoper d'un mauvais score, ça me collait presque une angoisse. Dans ma main, je serrais mon iPhone pour qu'il me pardonne.

Je me suis détournée, alors elle a lancé :

« Je me souviens de tes enfants et surtout de leurs cheveux bouclés. J'ai toujours dans mes affaires une photo de toi avec eux. »

Je me suis figée, et je lui ai souri. Je voulais la photo, je voulais la photo, je voulais la photo. D'un seul coup, j'étais d'accord pour qu'on discute ; rien à foutre du reste, je voulais la photo, je voulais la photo, je voulais la photo. Je suis devenue mielleuse. J'ai dit :

« Bah, prends mon numéro. Tu m'envoies la photo des enfants ?

— Oui ! Enfin, faudrait déjà que je la retrouve, je ne sais plus du tout où elle est. »

J'étais prête à la braquer, à lui faire une Sally Hafez, à débarquer chez elle avec un flingue et à prendre son appartement d'assaut pour qu'elle me rende mon dû.

Je veux la photo de mon bébé, c'est ma photo, c'est mon mort, c'est mon bébé mort.

J'ai recasé mes écouteurs dans mes oreilles, j'étais défaite. Elle a encore bafouillé :

« Désolée, je ne sais pas comment j'ai pu oublier. »

Non, Inès, tu n'as rien oublié. C'est seulement qu'à l'époque tu n'as pas voulu savoir, et que là, tu continues, Inès. C'est seulement qu'aujourd'hui encore, tu es comme moi, tu es comme tout le monde, Inès, tu refuses qu'un bébé soit mort. Personne n'en veut de la mort, Inès, sauf un candidat au suicide – et encore. Tu n'as pas voulu t'approcher de la mort et c'est normal quand on a vingt ans, Inès. Vous avez toutes fait pareil, j'ai perdu toutes mes amies, Inès.

Il y a eu plein d'Inès. La peur, la mort, ce ne sont pas leurs affaires aux filles de vingt ans, et elles ont bien raison. En vérité, il en restait une dont j'ai choisi de m'éloigner. À cause de l'effet miroir quand elle me regardait. Je voyais la mort dans ses yeux, il fallait que ça dégage.

Mes amies n'avaient déjà rien compris quand elles ont su que j'allais donner la vie ; cela avait été pire quand elles ont su que j'avais reçu la mort.

Toutes ces Inès, elles ne comprenaient rien.

J'étais toute seule, je veux dire.

33

Ce jour-là, en quittant Inès, j'ai hâté le pas pour rentrer chez moi. Arrivée devant mon immeuble, j'ai aperçu un voisin sur le trottoir d'en face et me suis empressée de m'engouffrer dans l'ascenseur avant qu'il arrive. Parfois, c'est l'inverse. Rattrapée dans ma course, je feins de consulter longuement mon courrier devant les boîtes aux lettres.

J'évite l'ascenseur autant que je peux. Excepté quand je suis chargée, j'emprunte l'escalier. La promiscuité qu'impose une cabine d'ascenseur m'a toujours rendue folle, et cela bien avant la Covid et le confinement des masses. Je n'ai pas attendu cette étrangeté pour suspecter qui que ce soit de me contaminer d'une façon ou d'une autre. Ainsi, il m'est impossible de faire goûter mon dessert au resto au risque d'y renoncer ; je déteste prêter ma bouteille d'eau en concert ou au ciné, et je suis super sélective pour les embrassades et les accolades. Alors c'est sûr, le collé-serré dans les ascenseurs, je ne kiffe pas spécialement.

La semaine passée, le voisin du cinquième m'a eue par surprise. J'avais laissé monter la très grosse femme du quatrième et j'attendais l'ascenseur au rez-de-chaussée lorsqu'il s'est pointé. J'ai cru avoir le temps de lui échapper pendant qu'il relevait son courrier, mais il n'a pas ouvert sa boîte et j'ai dû appuyer, l'air contrit, sur le bouton de réouverture des portes qui étaient en train de se refermer derrière moi. J'avais des bouffées de chaleur. Il avait mauvaise haleine. Lui, en revanche, était content de me croiser car, disait-il, on ne me voyait jamais. J'étais une voisine de rêve. « On ne vous entend pas », m'a-t-il même dit. Pour lui, c'était ça, le rêve, que les autres ne se fassent jamais entendre, et je l'exauçais chaque jour. Normal, les mortes ne font pas de bruit.

L'autre soir, j'étais à une avant-première au palais-Garnier. Par la grâce de quelques amitiés, je me retrouve parfois invitée dans des événements mondains. Il y avait Lucien, l'ami d'une amie. Nous ne nous étions pas croisés depuis dix ans ou presque. Il me semble qu'il voulait me dire que je n'avais pas beaucoup changé pour quelqu'un de plus de quarante-cinq ans, mais à la place, il a lancé : « Toi, tu ne bouges pas, hein ! » Eh bien, non, je ne bouge pas puisque je suis morte. L'une des caractéristiques de la mort n'est-il pas de juguler le processus de vieillissement ? Ainsi, j'ai arrêté de vieillir en apparence. Partout où je peux, j'obtiens le tarif moins de trente ans, voire moins de vingt-sept ans. Cela devrait bientôt se tasser, mais pour l'heure, j'en profite encore.

Pour autant, je déteste jouer à Tu-Me-Donnes-Quel-Âge. Il y a toujours un casse-couilles pour lancer ça dans les groupes, les rassemblements, les réunions, les dîners. Et c'est systématiquement la personne la plus cognée, la plus ridée, la plus claquée de l'assemblée qui veut jouer à Tu-Me-Donnes-Quel-Âge, ce qui est très gênant. Et là, tu forces un peu sur une estimation par défaut, afin de ne vexer personne. Il y a également deux autres raisons qui font que je déteste jouer à Tu-Me-Donnes-Quel-Âge. D'abord, à coup sûr je gagne, et à chaque fois les réactions sont les mêmes : « Non, c'est pas vrai ! » Et puis je n'aime pas ce jeu parce que l'âge, ça ne se donne pas, ça se prend. Donc, je ne bouge pas et j'offre un silence de rêve au voisin. Le pire, c'est qu'il a dit vrai, Lucien, je ne bouge pas.

Il me semble que le corps fait avec ce qu'il a : tu lui donnes une vie de merde, le jour où il ne tient plus, il te rend toute la merde. Il y a quelques années, j'ai commencé à souffrir des lombaires, puis d'un genou, uniquement en montant les escaliers. La première fois que j'ai ressenti des douleurs, je sortais du RER à Denfert-Rochereau. Le second genou a lâché quelques semaines plus tard. Les chevilles ensuite. Puis les poignets. Le mal de dos est chez moi très ancien, mais il est devenu avec le temps beaucoup plus invalidant. Aujourd'hui, ce sont les coudes, et les coudes, ça fait peur quand ils se bloquent, tu te sens comme une poupée Barbie avec les bras figés. Ça a commencé au boulot devant l'ordi, avant que la médecine du travail se déplace et trouve mon poste et mon bureau totalement inadaptés. Cette semaine, je n'ai plus les épaules. Donc, je ne bouge pas. Lucien a raison, mais il ne le sait pas.

Il y a quelques années, j'ai dû revoir mes exigences à la baisse. Les premiers mois, je me demandais quand j'allais pouvoir danser ou courir à nouveau, et puis de semaines en années, j'ai fini par renoncer. Il m'est même arrivé d'aller travailler en Uber à mes frais. Un jour, j'ai eu si mal que ça s'est terminé aux urgences. La doctoresse m'a dit : « Vous avez une maladie chronique que vous ne soignez pas. Vous avez le dos tout coincé, vous êtes toute cassée. Je ne comprends pas comment vous avez attendu jusque-là. » Elle m'a presque engueulée. Et j'ai songé qu'elle avait raison. Oui, ça faisait longtemps que j'avais mal partout, mais je voulais oublier. Ainsi, je fais parfois comme si mon corps n'existait pas. Je marche, je marche sur mes blessures, jusqu'à trop mal, jusqu'à trop tard.

Un jour, on m'a demandé jusqu'où je souffrais sur une échelle de un à dix. J'ai répondu que je ne souffrais pas sur une échelle mais les pieds bien sur la terre, au point de parfois penser à la quitter. Je n'ai aucun courage, je n'ai jamais eu aucun courage, je n'ai désormais plus d'énergie. Je n'ai jamais supporté de m'entendre dire que j'étais courageuse, que ce soit après le décès de mon fils ou quand la maladie de son frère a été diagnostiquée. Je n'ai eu aucun courage, je n'ai eu aucun choix, je ne crois plus au courage depuis longtemps, depuis ma survie incompréhensible à la mort de mon fils.

C'est uniquement la force que l'on peut avoir en soi qui permet de s'arranger avec le réel et de composer avec, une force qui fait tenir, qui vous traverse et que l'on ne choisit pas.

Le courage n'existe pas.

Je lève la main droite et je dis : « Je le jure. »

34

Quand Tiago est mort, je me suis efforcée de ne jamais essayer de le chercher à travers Sam. Et si je me le suis interdit si rapidement, c'est qu'à la minute ou Tiago a été déclaré mort, Sam est devenu *les* jumeaux. À l'hôpital, ils m'avaient dit : « Il faut parler à Sam, madame, il faut lui dire que son frère est mort. » On peut même dire qu'ils ont insisté : « Il faut le lui dire, madame, il va falloir lui redire et le répéter, et ce, dès les jours prochains. Les bébés comprennent les choses, vous savez. » Moi, je ne voyais pas pourquoi les bébés comprendraient l'incompréhensible. Si les bébés comprennent tout, pourquoi admettraient-ils l'inadmissible, je veux dire ?

Malgré tout, j'ai parlé à Sam. Pendant les câlins, pendant les bains, avant de le mettre dans la poussette. C'était presque devenu une comptine, la mort de son frère, comme une ritournelle. J'ai continué ainsi pendant plusieurs mois, avant que la mort devienne une habitude dont nous ne parlerions plus, puis une chose dont Sam refuserait de parler, même aux dates d'anniversaire et malgré les conseils de médecins.

Et pourtant, à l'école maternelle, il passait ses journées à courir après Clément et Samuel, des jumeaux de sa classe. Il ne voulait jouer qu'avec eux, s'asseyait à la cantine uniquement près d'eux, faisait la sieste tout près d'eux. La maîtresse avait demandé à me voir ; elle s'inquiétait pour Sam. Elle m'avait donné les coordonnées d'une pédopsychiatre que j'étais allée voir et qui avait fini par me confier : « Vous savez, même pour nous, médecins, les jumeaux sont un mystère. Alors quand l'un vient à mourir, qui sait ce que cela produit sur celui qui reste ? »

Sam n'a plus jamais parlé de Tiago. Mais son frère Milos, lui, l'a fait. Il a fouillé dans mes papiers pour savoir, pour comprendre. Un jour, il m'a dit : « Maman, je suis désolé, mais j'ai regardé dans le porte-documents de Tiago. Je voulais savoir. J'ai tout lu. Ça a dû être atroce pour toi et papa, et c'est grave ce qui s'est passé. » Oui, c'est grave ce qui s'est passé, mais Sam n'a jamais voulu en parler, Sam n'a jamais voulu savoir. Ou au contraire, peut-être le savait-il déjà mieux que nous tous. Alors nous nous sommes tus, tous, à quelques exceptions près.

Le jour de ses dix-huit ans, nous sommes allés au Café Charbon rue Oberkampf, dans le 11e arrondissement. Lou, la sœur de Gustave, avait eu l'idée et l'envie que le dîner se passe là-bas. Elle connaissait bien l'endroit pour y avoir travaillé et avait conservé des amis dans le staff. J'y suis allée régulièrement depuis qu'elle m'a fait connaître le lieu, je m'y sens tranquille, je n'y sens pas la foule, et je souris à chaque fois car la rue Oberkampf, pour Grand-Maman, c'était un peu celle des mauvais garçons et on n'avait pas le droit d'y traîner.

Ce soir-là, nous étions une vingtaine pour fêter sa majorité. C'était beaucoup de monde pour lui. Il était en bout de table, silencieux, assis à moitié sur sa chaise, lisant un album flambant neuf d'*Aya de Yopougon.* Il gardait jalousement sur la table le roman *Viscéral*, de Rachid Djaïdani, et un tome des *Chroniques de l'asphalte*, de Samuel Benchetrit, deux autres bouquins encore, et une quinzaine de paquets pas encore déballés. Sam a toujours reçu des cadeaux d'anniversaire en quantité démesurée. Ça a commencé dès son premier anniversaire. Il avait tout eu en double puisqu'il avait hérité les présents destinés à son frère. Puis il a passé les anniversaires suivants loin de nous. Dans sa tête, je veux dire. Jamais il ne jouait avec les enfants invités ; il restait avec les adultes, lisant les bouquins qu'il recevait ou pleurant dans un coin sans qu'il y ait de réelle explication à cela.

Nous avons toujours organisé de très belles fêtes, chez les uns ou chez les autres, des goûters, des déjeuners, des dîners, à la ville, à la campagne, mais toujours arrivait le moment où Sam s'évaporait. « Mon anniversaire, c'est pour Maman, moi, j'en ai rien à foutre », il a dit un jour à Georgia. Et pourtant, ces anniversaires étaient juste pour lui. Les guirlandes, les cotillons, les invités, les surprises bien gardées, les bougies, les lieux à la mode, les jolis vêtements, les pâtisseries, les chansons. C'était seulement pour lui.

Chaque année, il demande : « Maman, qu'est-ce qu'on fait pour mon anniv ? » Et chaque année quand la fête arrive, il se met en retrait. Moi qui ai mobilisé toutes mes forces pour que cette fête soit une réussite, il me faut m'accrocher fort, ravaler mes larmes, me cacher parfois dans les chiottes.

Le soir de la fête au Café Charbon, j'ai songé à cette photo floue qui figurait encore dans un album chez la mère de Gustave. Lorsque j'allais chercher mes enfants chez leur grand-mère, je me rendais toujours dans le salon où il y avait beaucoup de portraits sous cadre de ses trois enfants et ses petits-enfants, dont mes fils. J'aimais constater qu'elle avait conservé cette photo de moi enceinte de Milos, tenant par la main Sam brandissant, radieux, une figurine de Spiderman. Je l'avais couvert de figurines Spiderman pendant ma grossesse. J'avais peur que ce nouveau bébé lui fasse du mal, il fallait au moins Spiderman pour éloigner la menace.

Dans une boîte métallique rangée dans un meuble avec d'autres vieilles boîtes, il y avait cette autre photo que tout le monde trouvait moche et sans intérêt. Personne n'en a jamais demandé le négatif, sauf Cathy. Sur cette photo, il y a Gustave et sa fratrie, la mienne aussi, avec Grand-Maman et Mutti, les grands-mères, nos mères, Louis, le mari de Cathy, Emma et Flo, les tantes du Gustave, Le Brun, sa compagne et leurs deux fils, et même les enfants des voisins. Et tous, nous sommes défaits. Nous avons les yeux vides et cernés dans lesquels se reflète la lueur terne de la bougie du premier anniversaire de Sam. Même le gâteau fait la gueule ; il semble avoir comme nous tous envie de crever. Sam est assis sur mes genoux, dans mes bras. La photo a été prise quelques jours après la mort de son jumeau. Sam méritait bien qu'on lui fête son premier anniversaire. Sur cette image, je ne vois que des morts vivants.

Le plus jeune fils du Brun, qui entrait dans l'âge adulte, est venu seul au Café Charbon. À la fin du repas, il est venu s'asseoir à côté de moi, il a passé son bras autour de moi, il m'a embrassée sur la joue et m'a demandé si ça allait. Puis il a dit :

« Tu crois qu'un jour on pourra parler de Tiago ? »

J'ai répondu :

« Oui, bien sûr, mon chéri.

— Parce que nous, on ne nous disait jamais rien, a-t-il ajouté comme un regret. T'es sûre que je pourrai te poser des questions ?

— Mais oui, tout ce que tu veux.

— Parce que quand on était petits et que c'était l'anniversaire de Sam, avant de partir de la maison on nous disait toujours : “Faudra pas parler de Tiago, hein, les enfants.” Anniversaire ou non, personne n'en parlait jamais de toute façon. »

Il avait raison. Alors, j'ai dit :

« Pose-moi toutes les questions qui te viennent pour qu'enfin nous puissions le porter en nous un peu plus vivant que mort. »

Sam a sorti la tête de sa BD. Il a traîné sa chaise et s'est assis près de nous. Il m'a demandé si ça allait et j'ai répondu oui.

Lorsqu'il m'a demandé de quoi on parlait, j'ai dit : « De rien. »

35

Dans mon métier, j'ai croisé beaucoup de jeunes filles dont les histoires ressemblent parfois à la mienne et dont les tragédies se croisent. Souvent, je pense à Nada. Encore plus depuis que j'ai démissionné.

Nada nous avait été adressée par France terre d'asile. Elle était l'aînée des trois enfants d'une femme de ménage et d'un soudeur, elle avait grandi en Afrique subsaharienne. À seize ans, son père l'avait mariée de force à un voisin sexagénaire pour épurer une dette. Noces sordides. Nada avait été déscolarisée, elle avait dû quitter sa famille pour aller vivre avec le voisin qui l'avait rappelée fermement à son devoir conjugal. Qui l'avait violée, je veux dire. Lors de notre premier entretien, elle m'a dit :

« Après trois mois sans règles, une copine que je voyais en cachette m'a accompagnée à la pharmacie, et avec son argent de poche on a acheté un testament de grossesse. »

Elle a dit ça avec sa petite voix de canari, en piochant dans mes Dragibus posés sur le bureau.

« On est allées chez ma copine, et avant que ses parents arrivent, j'ai fait pipi sur le truc, et le testament a dit que j'étais enceinte. J'allais mourir. »

C'est un peu le principe du testament, ai-je songé. Je ne l'ai pas reprise, je ne lui ai pas fait remarquer que l'on disait « test de grossesse ». Car elle voyait juste, cette grossesse finirait d'enterrer son adolescence et le peu d'innocence que son barbare de mari et son père lui avaient laissées.

Avec le soutien de sa mère, elle avait fui : Mali, Maroc, Espagne, traversés dans la clandestinité, avec la faim, la peur pour un exil incertain. Elle avait débarqué en France en plein hiver, le ventre un peu plus arrondi, le cœur un peu plus esquinté. Elle avait fini par squatter un campement porte de la Chapelle avant d'errer seule dans les rues de Paris. Un matin, alors qu'elle dormait dans le métro et faisait des allers et retours sur la ligne 12 pour passer le temps et avoir chaud, une femme d'une trentaine d'années l'avait abordée et lui avait demandé de l'attendre. Elle avait un rendez-vous mais elle reviendrait.

Nada avait passé la matinée assise sur le quai de la station Jules-Joffrin. La femme était revenue avec un sachet de croissants et un thé chaud. Elle avait appelé le Samu social afin que Nada soit prise en charge, et c'est à ce moment-là que son suivi m'avait été confié. Elle avait emménagé dans un appartement de Montreuil. Pas le Montreuil des baskets en cuir végétal, ni des kebabs à 11 euros à la farine de petit épeautre et à la betterave. Pour elle, c'était la cité au quartier des Trois-Communes, et ça lui allait bien. Elle commençait une vie nouvelle dans cet appartement qu'elle partageait avec une autre maman adolescente et sa fille de quatre ans que nous suivions également. Là-bas, elle se sentait en sécurité, elle avait une envie folle d'apprendre, d'apprendre la France, d'apprendre l'Europe, d'apprendre le monde.

Au printemps, Adam était né. Un accouchement laborieux, éprouvant. Une équipe de travailleurs sociaux ne remplace pas une famille. Nada se sentait seule malgré l'école – elle avait repris les cours –, malgré les amis, malgré la jeunesse. Elle était pleine des griffures de la vie. Elle avait été admise en seconde générale au lycée Hélène-Boucher, dans le 20e. Son fils allait en crèche, elle gardait contact avec ses sœurs et sa mère *via* Snapchat, mais jamais un mot à son père.

Moi, je dois bien l'avouer, elle m'épuisait. J'étais envahie de ses plaintes et de ses sollicitations. Pour elle, pour son bébé. Elle s'inquiétait de l'alimentation de son fils, elle avait la main lourde sur les quantités, l'idée de restreindre Adam lui renvoyant une image de mauvaise mère. Adam avait de l'embonpoint et une digestion difficile. Le pédiatre les avait à l'œil. Il y avait toujours quelque chose de traviole. Je passais mon temps à l'accompagner à la pharmacie ou chez le médecin, souvent pour rien.

Un soir, après une longue journée ponctuée d'heures supplémentaires, elle m'a appelée. J'ai serré les dents. Son fils était souffrant, jurait-elle. Mais son pédiatre l'avait vu deux jours plus tôt et il n'avait rien signalé de particulier, l'évolution était favorable, les vaccins à jour, le rythme de sommeil adapté. Excepté un petit rappel concernant les biberons en rab à limiter, le reste suivait. J'ai pensé raccrocher, je m'essoufflais. Mais à nouveau, j'ai cédé et me suis déplacée jusque chez Nada. « J'espère que tu ne me fais pas venir pour rien ! » lui ai-je lancé, et mes propres mots m'ont glacée. Adam n'avait pas de fièvre, mais selon Nada il n'avait pas un comportement normal. Il ne souriait pas et n'avalait pas le lait qu'il réclamait pourtant. J'ai repensé à Tiago. J'ai repensé à moi. Je ne serais pas Dr Machin. Adam n'avait pas l'air malade, mais j'ai balayé ma fatigue et ma crispation et j'ai accompagné Nada et son fils à l'hôpital Trousseau.

Infection pulmonaire.

Faute de place, Trousseau a envoyé Adam en ambulance à l'hôpital Necker-Enfants malades. Dans le box où nous devions attendre, Nada m'a dit :

« Tu sais, "Nada", ça veut dire "rien" en espagnol. Tu te rends compte, mon prénom ne veut rien dire. »

J'allais répondre, mais elle m'a interrompue.

« Heureusement que je fais de l'allemand et pas de l'espagnol ! »

Elle a souri avec malice. C'est la jeunesse qui revenait. Nada était soulagée, Adam avait été admis en soins intensifs, et moi j'étais broyée par le souvenir du passé, par la surdité de certains et le silence des autres.

Alors je suis allée marcher, écouteurs bien calés à l'oreille.

Une fois de plus, j'ai traversé Paris jusqu'à notre premier appartement à Gustave et à moi, rue de la Mare. J'ai sonné à un interphone au hasard. On m'a ouvert, je suis montée au premier. Notre ancienne porte n'avait pas été remplacée, elle était toujours fermée par deux verrous et une serrure à l'ancienne, avec un trou à travers lequel on peut tout voir. Et je l'ai fait.

De ce que je distinguais, tout ou presque était resté à l'identique. Le couloir donnait à gauche sur le salon, sur la droite, la porte d'une des chambres était entrouverte. Le locataire était assis sur le canapé qu'il avait disposé au même endroit que le nôtre. Il regardait la télé, tranquille. De la salle de bains à droite je n'apercevais que l'entrée. Une femme en est sortie, portant un bébé emmailloté dans une serviette-éponge. J'ai souri et pensé que c'était leur tour. Je leur ai souhaité plus de chance qu'à nous. J'ai continué de sourire, tandis que les images d'une autre famille s'imposaient à moi.

À travers le trou de la serrure, j'ai vu Grand-Maman quand je l'avais reçue pour la première fois à dîner chez moi, j'ai vu la platine qu'elle nous avait offerte et qu'on avait installée à côté de la télé bien trop grande, un cadeau de Cathy. J'ai vu ma grand-mère se réjouir d'avoir un prétexte de revenir à Belleville et de se rendre au parc pour tricoter sur un banc. J'ai vu Tiago et Sam couverts de cadeaux dont ils se foutaient, j'ai vu leurs biberons sales entassés dans l'évier, témoignage de mon épuisement, et j'ai souri, pensant que tout ça n'était rien, finalement.

J'ai vu toutes les couleurs que nous avions mises dans cet appartement, du sol au plafond. Il y avait du wax sur le canapé, une fresque peinte sur le mur du salon par un copain graffeur, de la layette qui séchait partout, et mon poste de radio rouge Philips que je n'avais plus à partager avec Raphaël.

J'ai vu Gabrielle venir avec Malo, notre petit frère, et le petit dernier du Brun. J'ai entendu Gaby leur dire en arrivant : « Maintenant, c'est ici que Nana habite. » J'ai vu leur admiration à tous, j'avais été la première des enfants de Jeanne à quitter l'escalier 12.

Et à travers le trou de la serrure j'ai vu Jeanne, aussi, venir et revenir à toute heure, sans prévenir ni demander, comme pour s'assurer que j'étais encore sa fille. J'ai vu les premiers pas de Tiago, les premières boucles de Sam, et moi qui faisais mes devoirs avec un môme sur les genoux, comme Nada. J'ai vu la rentrée au CP de Milos, la première fête de Sam, les soirées entre amis, les peines de cœur des copines, les bouquins adorés ou jamais terminés, les appels téléphoniques avec mes sœurs qui n'en finissaient pas, j'ai vu des baisers qui donnent mal à la gorge, j'ai vu Gustave se perdre, j'ai vu les larmes.

À travers le trou de la serrure j'ai vu Sam et Milos sauter sur le lit. J'ai vu une gamine pousser entre les pavés, j'ai vu une fleur dans la ville traverser les épreuves et les rues de Paname. J'ai vu une tête qu'on tient bien haute, j'ai tout vu, sauf la honte.

À travers le trou de la serrure, j'ai vu la vie telle qu'elle avait été en dépit de notre drame, comme disait Grand-Maman, j'ai vu la force me tenir.

J'ai vu qu'en ce monde, on ne venait jamais pour rien.

Pensées

À mes fils, à leurs grands-mères maternelle et paternelle, à Mutti et à Grand-Maman.

Aux enfants que nous avons été mes frères et sœurs, mes cousins et moi.

À mes neveux et nièces.

À mes oncles et ma tante d'Ardèche.

Aux rencontres :

Raissa, Clémence, Patricia, Emily, Émilie, Nicole, J.-P., Fanny, Maxime, Déborah, Stéphanie, Hélène, Nassima et Kolia, Vanessa et l'équipe de Livres Agités, qui ont accueilli et pris soin de *Mon petit.*

Aux enfants, adolescents et aux familles que j'ai rencontrés en exerçant mon métier de travailleuse sociale.

À Ahmed M, qui a toujours trouvé les mots, lorsque je portais *Mon petit.*

Édité par HarperCollins France.
Composition et mise en pages
Nord Compo à Villeneuve-d'Ascq

Imprimé en juillet 2024
par CPI Black Print (Barcelone)
en utilisant 100 % d'électricité renouvelable.
Dépôt légal : août 2024.

MIXTE
Papier issu de sources responsables
FSC® C159065
www.fsc.org

Pour limiter l'empreinte environnementale de ses livres, HarperCollins France s'engage à n'utiliser que du papier fabriqué à partir de bois provenant de forêts gérées durablement et de manière responsable.

Imprimé en Espagne.